Amy Crossing
Raum 213 · Gefühlvolles Grauen

Alle Bände der Reihe *Raum 213*:

Harmlose Hölle
Arglose Angst
Gefühlvolles Grauen

Amy Crossing

Gefühlvolles Grauen

Thriller

ISBN 978-3-7855-7873-5
1. Auflage 2014
© 2014 Loewe Verlag GmbH, Bindlach
Umschlaggestaltung: Franziska Trotzer unter Verwendung von Bildern
von iStockphoto/Black & Red Splatter © Elpiniki/Green Grungy
Background © kramer-1/Abstruse Grunge © 4x6 und
Shutterstock/Grunge Splash Ink Floral Designs © Milen
Printed in Germany

www.loewe-verlag.de

Prolog

Ich beobachte sie nun schon eine ganze Weile. Sie scheint sich prächtig zu amüsieren, fährt sich immer wieder durch die langen braunen Haare und lässt ihre strahlend weißen Zähne aufblitzen. Das neben ihr ist wohl ihre beste Freundin – die Arme scheint nicht zu wissen, auf wen sie sich da eingelassen hat. Schauspielern kann sie jedenfalls wie keine andere ... Bei jedem Jungen, der an ihr vorbeigeht, senkt sie die Lider, als wäre sie schüchtern. Dass ich nicht lache! Die anderen fallen so leicht auf sie herein, aber mir macht keiner etwas vor. Ich weiß, mit wem ich es zu tun habe: mit einer hinterhältigen und gefühlskalten Schlange. Die mit anderen spielt und sich an ihrem Leiden ergötzt. Oder sie zur Strecke bringt. Doch das wird jetzt ein Ende haben.

Du bist lange genug unbehelligt durch die Gegend gelaufen. Das Lachen wird dir schon bald vergehen. Vielleicht für immer.

1

»Und ihr habt wirklich rumgeknutscht? So richtig, mit Zunge?« Ava verschluckte sich beinahe an ihren Worten, so rasch sprudelten sie heraus.

»Ja, richtig«, antwortete Lily und spürte, wie sich schon wieder dieses dämliche Grinsen auf ihre Lippen stahl, als sie an den Abend mit Travis zurückdachte.

»Jetzt lass dir doch nicht jedes Wort aus der Nase ziehen«, drängte Ava. »Ich will Einzelheiten!« Sie nahm einen großen Schluck von ihrer Cola und sah Lily erwartungsvoll an. Dazu trommelte sie ungeduldig mit den Fingern auf die Tischplatte, eine Angewohnheit, die Lily wahnsinnig nervte. Das war jedoch schon fast das Einzige, was sie an ihrer besten Freundin störte – ansonsten war Ava ein echter Glückstreffer.

Lily nahm einen Bissen von ihrem Burger, um ihre Antwort wenigstens noch kurz hinauszuzögern, ein letzter intimer Moment, der nur ihr allein gehörte.

»Es war einfach total schön … wir waren erst im Kino, irgendein bescheuerter Actionstreifen mit wenig Handlung, na ja, konzentrieren konnte ich mich sowieso nicht …«

»Und weiter? Wer hat dann die Initiative ergriffen?«

»Hm«, machte Lily. »Erst mal keiner. Zumindest nicht im Kino.«

»Wo denn dann? Mensch, Lily, du bist doch sonst nicht so. Hat es dir vor lauter Glückshormonen die Sprache verschlagen?«

»Haha, lustig! Wir waren hinterher in dieser neuen Bar in der Lake Avenue und da ... na ja, irgendwie gab eins das andere und dann hat er sich zu mir rübergebeugt und mich geküsst.«

Ava hörte schlagartig auf zu kauen und riss vor Begeisterung die Augen auf. »Echt? Einfach so? Und wie war's?«

»Mann, geht's vielleicht noch ein bisschen lauter?«, fragte Lily und sah sich im Diner um. Doch es schien sie niemand wahrzunehmen, die Leute waren alle ins Gespräch vertieft oder saßen schweigend über ihrem Essen. Sie wandte ihren Blick wieder ihrer besten Freundin zu und fuhr beinahe flüsternd fort: »Es war total schön. Okay, diese Bar war vielleicht nicht der optimale Ort für einen ersten Kuss, aber wir haben einfach schnell ausgetrunken und sind dann noch ein bisschen spazieren gegangen.«

»Ohhhhh!«, juchzte Ava begeistert und klatschte in die Hände. »Und weiter?«

Lily kicherte. »Ich kenne wirklich keine neugierigere Person als dich! Was glaubst du wohl, was passiert, wenn ein Mädchen mit so einem gut aussehenden Typen wie Travis Händchen haltend durch die Nacht spaziert? Das konnte man überhaupt nicht Spazierengehen nennen! Wir sind an jeder Ecke stehen geblieben und haben rumgeknutscht, als gäbe es kein Morgen. Bist du jetzt zufrieden?«

»Heißt das, ihr seid jetzt ... zusammen?«

Lily spürte, wie ein warmes Kribbeln durch ihren Körper wanderte. »Glaub schon«, antwortete sie knapp. Es war ein komisches Gefühl, das laut auszusprechen, es war alles noch so frisch und zerbrechlich. Das Date mit Travis lag noch keine 48 Stunden zurück, aber in der Zeit hatten sie sich bereits unzählige SMS hin- und hergeschickt und zweimal telefoniert. Es schien also, als wäre es Travis auch ernst, zumal er sie gleich gefragt hatte, wann sie sich das nächste Mal sehen würden.

Ava streckte ihre Hand aus und legte sie auf Lilys. »Das freut mich wirklich total.« Ihre Stimme hatte von kreischend-aufgeregt zu verständnisvoll-mitfühlend gewechselt. »Nach der Sache mit Seth letztes Jahr ist es echt mal wieder an der Zeit für einen Lichtblick ...«

Lily war der Appetit schlagartig vergangen. Sie zog ihre Hand unter Avas weg und senkte den Blick. Es ärgerte sie, dass sich noch immer ein dicker Kloß in ihrem Hals bildete, wenn Seth' Name fiel. Doch die Ereignisse des letzten Frühjahrs hatten bei allen Schülern der Eerie High ihre Spuren hinterlassen und bei Lily ganz besonders. Sie schüttelte den Kopf, als könne sie die Gedanken daran dadurch vertreiben. »Lass uns nicht mehr darüber sprechen, ja? Zumindest nicht heute.«

Seth war in der Jahrgangsstufe über ihr gewesen und Lily schwer in ihn verliebt. Sie hatten ein bisschen geflirtet und rumgealbert, und es hätte sicher mehr daraus werden können, bis ... ja, bis ...

»Kannst du glauben, dass niemand etwas gegen Raum 213 unternimmt?«, fragte Ava, die natürlich genau wusste, was gerade in Lilys Kopf vorging. »Ich meine, irgendwie weiß keiner, wie man dieses Klassenzimmer unter Kontrolle bekommt, und ordentliche Nachforschungen werden auch nicht betrieben. Es ist ja wohl echt nicht normal, dass Leute spurlos verschwinden oder sterben oder –«

»Ava, bitte!« Lily hatte ihre beste Freundin lauter angefahren als beabsichtigt und versuchte, sich zu beruhigen. »Ich bin echt froh, dass mich die Sache mit Travis das erste Mal seit Monaten auf andere Gedanken bringt. Bitte lass uns nicht mehr in den alten Geschichten herumrühren, ja?«

Bevor Ava etwas erwidern konnte, kam die Bedienung an den Tisch gerauscht. »Fertig?«, blaffte sie und starrte vorwurfsvoll auf Lilys halb aufgegessenen Burger. Sie wartete gar nicht erst ihre Antwort ab, sondern räumte die Sachen aufs Tablett und verschwand wieder.

Lily sah ihr kopfschüttelnd hinterher, als ihr Blick den eines anderen Mädchens traf. Es war allein und hatte sich in die hinterste Ecke des Diners gesetzt. Lily hatte sie noch nie gesehen, obwohl sie in ihrem Alter sein musste. Und mit den langen roten Haaren und den stechend blauen Augen wäre sie ihr sicher schon mal aufgefallen. Das Mädchen wandte die Augen wieder ab und starrte auf den leeren Tisch vor sich. *Komisch*, dachte Lily, *dass sie gar nichts zu trinken hat. Wartet sie auf irgendjemanden?*

Sie sah das Mädchen noch einen Moment lang an und wandte sich dann wieder Ava zu. Hoffentlich war das Gespräch über Seth und Raum 213 nun beendet. Doch wenn Ava sich einmal an etwas festgebissen hatte, dann war sie nur schwer zu bremsen. »Ich weiß, wie schlimm das für dich war, das war es für alle. Wieso musste er auch unbedingt dieses verfluchte Klassenzimmer betreten? Das war absolut dämlich.«

Lily knetete nervös ihre Hände, sie wollte, dass Ava endlich aufhörte, in der Vergangenheit herumzustochern. Niemand wusste, was genau mit Seth geschehen war, ob er sich wirklich in Raum 213 aufgehalten hatte. Aber eines wusste

Lily ganz genau: An dem Abend, bevor Seth tot vor dem Klassenzimmer aufgefunden worden war, das Gesicht kreideweiß und zu einer Maske des Schreckens verzerrt, hatte sie noch mit ihm herumgealbert. Sie waren total überdreht gewesen und hatten sich die schlimmsten Geschichten über Raum 213 erzählt. Der eine hatte versucht, den anderen zu übertrumpfen, und jeder hatte noch ein schlimmeres und gruseligeres Gerücht auf Lager. Die irre Party mit Todesfall. Ethan, der Psycho aus der Klapse. Melissa, die kein Wort mehr redete, seit sie Raum 213 von innen gesehen hatte.

Irgendwann hatte Lily Seth gefragt: »Würdest du dich reintrauen, wenn die Tür offen stünde?«

»Klar!«, hatte er geantwortet.

»Dann beweis es!«

Dann beweis es. Nie hatte Lily drei Worte mehr bereut als diese. Nie hatte sie sich mehr gewünscht, ihre Klappe gehalten zu haben, als nach diesen drei Worten.

Am nächsten Tag lag Seth tot vor Raum 213, und niemand wusste, was geschehen war. Doch die Vermutung lag nahe, dass er sich Zugang zum verbotenen Klassenzimmer der Eerie High verschafft und es nicht mehr lebendig herausgeschafft hatte.

Lily wusste, dass sie keine Schuld traf, aber sie fühlte sich dennoch schuldig. Ohne ihre dumme Bemerkung wäre Seth heute noch am Leben.

Sie schluckte den dicken Kloß in ihrem Hals hinunter und versuchte, sich wieder auf das Hier und Jetzt zu konzentrieren. Es war Sonntagabend, sie saß zusammen mit ihrer besten Freundin im Diner und in ihrem Bauch wimmelte es nur so von Schmetterlingen. Sie sollte die Schatten der Vergangenheit ein für alle Mal abschütteln und in die Zukunft blicken.

»Trinken wir noch was?«, fragte sie Ava, um sie endlich vom Thema abzulenken.

Lily war froh, dass die Botschaft offensichtlich angekommen war, denn Ava nickte und studierte die Getränkekarte, als müsste sie sich erst noch überlegen, was sie trinken sollte. Dabei trank Ava *immer* Cola.

»Ich nehme eine Cola«, verkündete sie und legte die Karte wieder auf den Tisch. Dann grinste sie und sagte: »Aber dann erzählst du mir wirklich *alles* von deinem Abend mit Travis, in allen Einzelheiten. Versprochen?«

»Versprochen. Aber lässt du mich vorher noch kurz aufs Klo gehen? Falls die Bedienung vorbeikommt, bevor ich zurück bin, bestell mir ein Mountain Dew mit, ja?«

»Dieses eklige Zeug?«

»Ja oder ja?«

»Ja.«

Lily schob den Stuhl zurück und schlängelte sich zwischen den anderen Tischen durch Richtung Toilette. Als sie an der Rothaarigen vorbeikam, fixierte diese Lily wieder mit ihrem Blick. Irgendwie war der unheimlich, als würde etwas Böses darin liegen und jeden Moment auf Lily losgehen. Das Mädchen bewegte sich nicht, saß einfach nur ganz starr da und betrachtete Lily, als hätte sie irgendetwas Ekelerregendes an sich. Kannte das Mädchen sie von irgendwoher? Die Gedanken in Lilys Kopf rasten, sie ging verschiedene Orte und Situationen durch, doch am Ende war sie sich sicher, dass sie die andere noch nie gesehen hatte. Ein leichtes Unbehagen kroch über ihre Haut wie Ameisen, am liebsten hätte sie sich geschüttelt, um es loszuwerden. Sie rieb sich mit den Händen über die Arme und ging weiter. Doch sie hatte plötzlich das Gefühl, verfolgt zu werden – nicht von einer Person, sondern von stechenden Blicken, die sich wie Messer in ihren Rücken bohrten.

Als sie zurückkam, entdeckte Lily ein paar Tische weiter Heather und Madison – zwei Mädels, mit denen sie zusammen Algebra hatte – und winkte ihnen zu. Sie überlegte, kurz rüberzugehen und Hallo zu sagen, aber eigentlich fühlte sie sich in der Gegenwart der beiden seit einer geheimnisumwitterten Party in Raum 213 ein bisschen unwohl. Lily schimpfte mit sich selbst, als ihr bewusst wurde, dass sie schon wieder an Raum 213 dachte.

Aus einem Reflex heraus blickte sie sich noch einmal zu der Rothaarigen um, doch sie war nicht mehr da.

»Hast du gesehen, wohin das rothaarige Mädchen verschwunden ist?«, fragte Lily, als sie sich wieder auf ihren Stuhl fallen ließ.

»Welches Mädchen?«

»Na, die da drüben an dem Tisch saß und die ganze Zeit zu uns rübergestarrt hat.« Lily deutete in Richtung Toiletten.

Ava schüttelte verständnislos den Kopf. »Keine Ahnung, wen du meinst.«

»Also, ich bin doch nicht bescheuert. Die musst du doch gesehen haben!« Lily spürte Panik in sich aufsteigen. Seit der Sache mit Seth hatte sie des Öfteren Aussetzer, ihr wurde schwarz vor Augen oder sie sah plötzlich Szenen vom Unglückstag vor sich. Aber es war noch nie vorgekommen, dass sie sich Leute einbildete, die gar nicht da waren.

»Jetzt beruhig dich mal wieder. Was machst du denn so einen Aufstand deswegen?« Ava nahm einen Schluck von ihrer Cola.

»Hast ja recht. 'tschuldigung. Bin irgendwie ein bisschen neben der Spur.«

»Das meine ich aber auch«, sagte Ava mit strengem Blick, doch dann stahl sich sofort wieder ein Grinsen auf ihr Gesicht. »So, und jetzt bitte die Fortsetzung!« Sie richtete sich erwartungsvoll in ihrem Stuhl auf.

Lilys anfängliche Euphorie, mit der sie Ava von ihrem Date mit Travis erzählt hatte, war inzwischen verflogen, aber sie bemühte sich, die Ereignisse trotzdem ein wenig auszuschmücken. Das war sie ihrer sensationslüsternen besten Freundin einfach schuldig.

»Also gut, wir sind dann spazieren gegangen und haben ziemlich heftig rumgeknutscht. Ich kann nur sagen: Zum Glück war es stockdunkel! Wenn uns irgendjemand gesehen hätte – ich weiß ja nicht ...«

»Und dann? Ich meine, habt ihr ...«, fragte Ava hektisch und machte eine Handbewegung, als würde sie blitzschnell die Seiten eines Liebesromans vorblättern.

»So gut solltest du mich inzwischen kennen. Meinst du, ich steige gleich am ersten Abend mit irgendjemandem in die Kiste?« Lily spielte gedankenverloren an der Speisekarte herum; sie merkte, dass sie überhaupt nicht bei der Sache war und ihren Blick unbewusst immer wieder durch den Raum gleiten ließ. Sie wurde das Gefühl nicht los, von irgendjemandem beobachtet zu werden. Von der unheimlichen Rothaarigen vielleicht?

Jetzt hör auf, schalt sie sich selbst. *Warum hat dich dieses Mädchen so aus dem Konzept gebracht? Es gibt überhaupt keinen Grund, weshalb sie dir böse Blicke zugeworfen haben soll.*

»Hallo!« Ava wedelte mit der Hand vor Lilys Augen herum. »An was denkst du denn? Hattest du vielleicht doch eine heiße Nacht mit Travis und verschweigst es mir?«

»Nein, es ist nur … Ach egal, vergiss es.« Lily trank in einem Zug ihr Mountain Dew leer. »Wäre es okay, wenn wir abhauen? Ich fühl mich irgendwie nicht so besonders.«

»Ts, ts, ts«, machte Ava. »Klarer Fall von akuter Verknalltheit, wenn du mich fragst.«

»Sehr witzig«, antwortete Lily und ärgerte sich, dass der Abend so ein abruptes Ende nahm. Normalerweise hätte sie mit Ava noch ein, zwei Stunden hier gesessen, wäre mit ihr die Tops und Flops von Jungen in ihrer Stufe durchgegangen, hätte die Leute im Diner unter die Lupe genommen, und irgendwann wären sie beide in solch lautes Gekicher ausgebrochen, dass alle sie komisch angeguckt hätten. »Tut mir leid. Lass uns doch die Woche irgendwann noch mal was machen. Dann bin ich auch wieder besser drauf, versprochen.«

»Hey, kein Problem«, sagte Ava. »Manchmal steckt man eben nicht drin.« Sie gluckste in Anbetracht ihrer doppeldeutigen Bemerkung.

Lily zog ihre Jacke an und folgte Ava Richtung Ausgang. Ein letztes Mal ließ sie ihren Blick durch das Diner schweifen, doch von dem rothaarigen Mädchen war nichts zu sehen. Wahrscheinlich war alles ganz harmlos gewesen.

Ava war schon zum Auto vorgegangen, während Lily noch gedankenverloren eine SMS an Travis tippte.

Muss die ganze Zeit an dich denken. Wär jetzt gern bei dir.
XXX.

Sie drückte gerade auf »Senden«, als ein Motor gestartet wurde und Reifen auf dem Schotter durchdrehten. Lily blickte hoch und wurde von grellen Scheinwerfern geblendet. Sie kniff die Augen zusammen und realisierte einen Sekundenbruchteil später, dass das Auto genau auf sie zuraste. Der Fahrer musste das Gaspedal voll durchgetreten haben und hielt direkt auf Lily zu. Im letzten Moment gelang es ihr, zur Seite zu springen. Ihr Handy flog in hohem Bogen über den Parkplatz und landete hinter irgendeinem Wagen. Lily konnte nicht glauben, wie knapp sie an einem Unfall vorbeigeschrammt war! Das Auto bremste mit quietschenden Reifen einige Meter entfernt und die Scheibe der Beifahrertür wurde heruntergelassen. Am Steuer saß das rothaarige Mädchen und verzog die Lippen zu einem teuflischen Grinsen.

2

Lily wünschte, sie wäre im Bett geblieben. Montag war generell der schlimmste Tag der Woche, aber heute war es besonders schrecklich. Nach dem Horrorerlebnis auf dem Parkplatz gestern hatte Lily nicht nur verzweifelt ihr Handy gesucht und nicht gefunden, sie hatte auch die ganze Nacht kein Auge zugetan. Immer wieder kreisten ihre Gedanken um den Abend, das seltsame rothaarige Mädchen und den Vorfall auf dem Parkplatz.

Doch wie sie es auch drehte und wendete – sie wusste nicht, woher sie die Rothaarige kennen sollte und warum sie sie überfahren wollte. Erstaunlicherweise hatte Ava von dem Vorfall auf dem Parkplatz überhaupt nichts mitbekommen und Lily schließlich geraten, den Ball lieber flach zu halten. Vielleicht hatte sie recht, vielleicht hatte Lily sich da nur etwas eingebildet, was in Wirklichkeit völlig harmlos war.

Als sie die schwere Tür zum Haupteingang der Eerie High aufzog, spürte sie plötzlich eine Hand auf ihrem Rücken. Im ersten Moment versteifte sie sich, doch als die Hand sanft ihre Wirbelsäule auf und ab fuhr, drehte sie sich um und ließ sich in Travis' Arme fallen. Die Anspannung der letzten Stunden fiel sofort von ihr ab, als sie sich an ihn schmiegte.

»Hey, das nenn ich mal eine stürmische Begrüßung«, sagte Travis und streichelte Lily über den Kopf. Genau das brauchte sie jetzt. Am liebsten hätte sie ihn gar nicht mehr losgelassen. Doch es drängten sich bereits andere Schüler an ihnen vorbei und machten blöde Bemerkungen, weil sie mitten im Weg standen.

»Könnt ihr nicht woanders rumknutschen?«

»Habt ihr kein Zuhause?«

Lily löste sich von Travis und nahm ihn an der Hand. Sie zog ihn von der Tür weg und steuerte eine Bank an, auf die sie sich setzten.

»Ich hab dich so vermisst«, sagte Lily lächelnd. »Ich würde am liebsten sofort da weitermachen, wo wir am Freitag aufgehört haben.«

»Von mir aus gerne«, entgegnete Travis, beugte sich zu ihr rüber und begann, sie langsam vom Hals abwärts zu küssen. Seine Hand schlich sich bereits heimlich unter Lilys Jacke, als das erste Klingeln zum Unterrichtsbeginn ertönte. Lily umschloss Travis' Finger und schob sie beiseite.

»Wie wär's, wenn du heute Abend zu mir kommst?«, fragte sie zwischen zwei Küssen. »Ich habe sturmfreie Bude.«

»Das klingt gut«, antwortete Travis und knabberte an Lilys Ohrläppchen. »Ich kann es kaum erwarten.«

»Na los«, sagte Lily und stand auf. »Bringen wir erst mal den öden Schultag hinter uns. Jetzt haben wir ja was, worauf wir uns freuen können.«

Travis lachte. »Genau. Das sind sonnige Aussichten trotz der Wolkendecke da oben.« Er deutete mit dem Kopf gen Himmel. »Danke übrigens für deine süße SMS gestern, hab mich total gefreut.«

»Tja, damit wird's wohl erst mal nichts mehr. Ich habe gestern mein Handy verloren.«

»Echt? Wie das denn?« Travis nahm Lilys Hand und gemeinsam gingen sie ins Gebäude.

»Ach, erzähl ich dir später. Davon kriege ich nur wieder schlechte Laune. Aber vielleicht können wir heute Abend noch kurz in die Mall und ein neues kaufen? Ich denke nicht, dass ich das alte wiederfinde.«

»Klar, warum nicht? Hauptsache, ich bin in deiner Nähe … dafür würde ich dich sogar in das miese Tex-Mex-Lokal begleiten, mir ein Orgelkonzert anhören oder deiner Grandma beim Kreuzworträtsellösen zuschauen.«

Er zog Lily in eine Ecke beim Eingang zur Cafeteria und drängte sie sacht gegen die Wand. Lily hatte das Gefühl, er presste seinen Körper so dicht an ihren, dass sie fast eins waren. Er sah sie mit seinen tiefblauen Augen an und strich ihr mit der Hand über die Wange. Dann legte er seine Lippen auf ihre und küsste sie so leidenschaftlich, dass sie glaubte, ihr würden jeden Moment die Beine wegsacken. Doch Travis hielt sie fest, ganz fest, und das hätte er nach Lilys Geschmack den ganzen Tag tun können. Mit ihm zusammen war sie glücklich, und sie konnte sich nicht erinnern, jemals so geküsst worden zu sein. Doch jeder schöne Moment hat irgendwann ein Ende und dieser wurde durch ein lautes »Na, na, na, was ist denn hier los?« beendet.

Ava, wer sonst. Taktgefühl war leider keine ihrer Stärken. Genauso wenig wie Zurückhaltung oder Diskretion. Lily hätte es nicht gewundert, wenn sie gleich ein Foto vom knutschenden Pärchen geschossen und auf ihrer Facebook-Seite gepostet hätte.

Travis machte sich von Lily los und grinste. »Dir auch einen wunderschönen guten Morgen, Ava.« Er gab Lily noch einen Kuss auf die Wange und verabschiedete sich. »Ich überlasse dir Lily für den Vormittag. Aber die Pause verbringen wir dann zusammen in der Cafeteria, okay?«

»Abgemacht«, sagte Ava und klatschte mit Travis ab. Sie war für die meisten Jungen wie ein guter Kumpel, was vielleicht an ihren kurzen Haaren lag und daran, dass sie in der Mädchen-Fußballmannschaft der Eerie High spielte. Ava selbst betonte zwar immer, dass ihr das nichts ausmachte, aber Lily wusste, dass sie sich tief im Innern auch nach einem Freund sehnte. Sie hatten schon alles Mögliche ausprobiert – waren auf Partys gegangen, auf denen sie niemanden kannten, hatten ein paar Typen im Internet aufgetan oder hatten Stunden auf den Tribünen an irgendwelchen Football-, Baseball- oder Basketballfeldern zugebracht. Aber der Richtige war noch nicht dabei gewesen – vielleicht interessierte sich Ava deshalb für das Liebesleben anderer, als wäre es ihr eigenes.

Lily hakte sich bei Ava unter, und zusammen gingen sie die Stufen in den ersten Stock hoch, wo sich der Chemieraum befand.

»Tut mir leid wegen gestern Abend«, sagte Lily. »Ich hätte gern noch ein bisschen mit dir gequatscht, aber irgendwie war ich echt durcheinander, nachdem wir über Seth gesprochen hatten und ich diese merkwürdige Begegnung mit diesem ...«

»Ach Mensch, jetzt fang nicht schon wieder mit diesem Mädchen an. Das ist doch der totale Quatsch. Außerdem hätte ich es doch mitbekommen, wenn meine allerbeste Freundin in Gefahr schwebt, weil eine unheimliche rothaarige Hexe mit einer dicken Warze im Gesicht grüne Blitze auf sie abfeuert. Grrrrr.« Sie verzog das Gesicht zu einer hässlichen Fratze und streckte ihre Hände wie Klauen vor sich aus.

Lily musste lachen und stieß Ava in die Seite. »Du bist echt doof.«

Im Chemieraum setzten sie sich auf ihren Platz in der hintersten Reihe. Außer ihnen saß niemand dort, Lily konnte nicht verstehen, warum es so viele Streber gab, die sich offenbar nichts Schöneres vorstellen konnten, als dem Lehrer direkt vor der Nase zu hocken.

»Mal sehen, ob Mr Watts wieder sein Montagshemd anhat«, witzelte Lily. Ava und ihr war irgendwann aufgefallen, dass ihr Chemielehrer beinahe jeden Montag dasselbe karierte Hemd trug.

»Wollen wir wetten?«, fragte Ava. »Ich sage, er trägt heute mal was anderes.«

»Stehst du auf Verlieren, oder was?«

Noch bevor sie über den Wetteinsatz verhandeln konnten, betrat Mr Watts den Raum. Lily lächelte siegesgewiss, denn unter seinem Sakko verbarg sich das Montagshemd! Doch das Lächeln gefror ihr auf den Lippen, als sie sah, wer hinter ihm das Zimmer betrat. Es war das rothaarige Mädchen von gestern.

»Ach du Scheiße«, entfuhr es ihr, woraufhin sich Oberstreberin Tessa umdrehte und missbilligend den Kopf schüttelte.

Lily wurde gleichzeitig kalt und heiß, vor ihrem inneren Auge blitzten die Scheinwerfer auf, sie hörte das Durchdrehen der Reifen, spürte die Panik, als das Auto auf sie zugerast kam.

»Guten Morgen. Ich darf euch heute eine neue Mitschülerin vorstellen. Das ist Kendra Black und sie wird das letzte Jahr der Highschool hier bei uns in Eerie absolvieren. Kendra, möchtest du noch etwas sagen?«

Normalerweise waren neue Schüler immer schüchtern, standen unbeholfen da und waren froh, wenn sie sich schnell hinsetzen konnten, aber bei Kendra war es offensichtlich anders. Sie baute sich neben Mr Watts auf und ließ ihre stechenden blauen Augen durch den Raum gleiten. Lily wurde fast schlecht, als ihr Blick kurz an ihrem hängen blieb und dann zu Ava rüberschwenkte.

»Ich freue mich, hier zu sein, und bin mir sicher, dass es an der Eerie High einen Haufen netter Leute gibt. Das trifft sich gut, denn ich bin eigentlich auch ziemlich nett.«

Der ganze Raum begann zu lachen und schon hatte Kendra das Eis gebrochen.

Wenn die wüssten, wie nett Kendra in Wirklichkeit ist, ging es Lily durch den Kopf, doch sie ließ sich nichts anmerken. Sie versuchte, gleichmäßig zu atmen und sich zu beruhigen.

»Vielleicht magst du dich in die letzte Reihe zu Ava und Lily setzen?«, schlug Mr Watts vor, und Ava räumte gleich eifrig den Stuhl neben sich frei, auf dem sie immer ihre Tasche parkte. *Verräterin.*

Kendra stolzierte durch die Reihen nach hinten und ließ sich auf den Platz neben Ava fallen. Sie streckte erst Ava und dann Lily ihre Hand hin. »Hallo, ich bin Kendra.«

»Ich glaube, wir haben uns schon mal gesehen«, sagte Lily steif.

»Echt?«, fragte Ava neugierig. »Wo denn?«

»Ja«, sagte Kendra. »Das wüsste ich auch gern. Ich kann

mich gerade gar nicht daran erinnern. So lange bin ich auch noch gar nicht in Eerie.«

»Ach, egal«, sagte Lily. »Vielleicht habe ich dich mit jemandem verwechselt.« Sie wusste genau, dass sie sie nicht verwechselt hatte, denn diese Augen konnte man nicht vergessen.

»Und wo kommst du her?«, erkundigte sich Ava interessiert. Lily war froh, dass sich Kendra nicht auf ihre Seite gesetzt hatte – so versuchte sie einfach, das Wispern neben sich auszublenden und Mr Watts vorne bei seinen Experimenten zuzusehen. Wenn sie jetzt ihr Handy hätte, hätte sie Travis eine SMS in den Unterricht schicken können. Aber so starrte sie nur nach vorne und hörte Ava und Kendra ab und zu kichern, als würden sie sich schon ewig kennen. *Na toll,* dachte sie. *Da hat sich Kendra wohl gleich ihre neue beste Freundin auserkoren.*

»Ist doch okay, wenn Kendra mit uns Lunch in der Cafeteria isst, oder?«, fragte Ava, während Lily einen Stapel Bücher in ihr Schließfach legte.

»Klar, warum nicht«, antwortete Lily, die sich in keinem Fall die Blöße geben und rumzicken wollte. Sie brauchte sich nicht umzudrehen, um zu wissen, dass Kendra direkt neben Ava stand.

»Ach, das ist total lieb von euch«, kam es prompt. »Ich kenne mich hier ja auch noch gar nicht richtig aus. Es ist gut zu wissen, dass man ein bisschen an die Hand genommen wird.«

»Na dann los«, sagte Lily eine Spur zu überschwänglich. »Mal sehen, was Anne heute für uns gezaubert hat.«

»Wer ist Anne?«, wollte Kendra wissen.

»Arbeitet in der Cafeteria. Gehört sozusagen zum Urgestein der Eerie High. Sie ist ein bisschen merkwürdig, aber ...«

»Hauptsache, das Essen schmeckt«, fügte Kendra hinzu. Merkwürdig, dachte Lily. Genau dasselbe hatte sie auch gerade sagen wollen. Sie lachte. Vielleicht war Kendra doch nicht so übel. Sie beschloss, ihr eine Chance zu geben – zumindest eine klitzekleine.

In der Cafeteria war schon jede Menge los und Lily hielt Ausschau nach Travis. Sie konnte ihn jedoch nirgends entdecken. Vielleicht quatschte er noch mit seinem Kumpel Jonah oder musste irgendwas für sein Referat erledigen.

»Wie sieht's aus?«, fragte Ava. »Soll ich mich anstellen und für uns alle Pizza holen? Damit kann man ja bekanntermaßen nichts falsch machen.« Sie zwinkerte Lily zu, die genau wusste, was das sollte. Ava war natürlich nicht entgangen, dass sich Lilys Begeisterung für Kendra in Grenzen hielt, auch wenn sie ihr nicht erzählt hatte, dass es sich um das Mädchen von gestern handelte. Ava brauchte immer eine gewisse Harmonie um sich, deshalb hoffte sie wahrscheinlich, dass Kendra und Lily sich ein wenig annäherten, während sie zusammen auf ihr Essen warteten.

Was soll's, dachte Lily. *Wahrscheinlich kommt sowieso gleich Travis, dann sind mir die anderen ohnehin egal.*

»Bring mir einen Kaffee mit, ja? Extrastark, wenn's geht. Hab letzte Nacht echt scheiße geschlafen.« Lily warf Kendra einen Seitenblick zu, doch die tat ganz unbeteiligt.

»Na los«, sagte sie. »Suchen wir uns einen Platz.«

Sie setzten sich an einen Tisch, an denen ein paar Juniors hockten, die so aussahen, als wären sie jeden Moment mit Essen fertig.

Lily überlegte, ob sie Kendra noch mal auf gestern Abend ansprechen sollte, entschied sich dann aber dagegen. Vielleicht ergab sich ein anderes Mal die Gelegenheit. Suchend sah sie sich nach Travis um, doch der schien immer noch nicht da zu sein, also musste Lily sich wohl oder übel mit Kendra unterhalten. Und während sie noch darüber nachdachte, worüber sie mit ihr reden konnte, ergriff Kendra schon das Wort. »Und ihr habt hier echt einen verfluchten Raum an der Schule?«

Lily erstarrte. Zielsicher hatte Kendra genau das Thema gewählt, über das Lily absolut nicht sprechen wollte. Deshalb nickte sie nur und hoffte, das Ava gleich zurückkommen würde. Aber die Schlange war lang und Ava noch nicht weit vorangekommen.

»Erzähl doch mal – passieren da echt so schlimme Sachen? Ich hab die miesesten Geschichten gehört, die Leute müssen ja richtig durchdrehen da drin. Kann ich mir überhaupt nicht vorstellen. Ich meine, wie ist das möglich, dass so ein Klassenzimmer … das personifizierte Böse ist? Wer ist denn so bescheuert und betritt freiwillig –«

»Hör auf!«, fiel Lily ihr ins Wort und rieb sich über die Stirn. »Bitte. Ich kann verstehen, dass dich das interessiert, aber frag irgendwen anders. Ich bin dafür echt nicht die Richtige.«

»Wieso nicht? Warst du selbst auch schon mal dort eingesperrt?« Sie kicherte verrückt. »Wenn ich's mir so recht überlege … ich würde mir das Ganze schon mal etwas genauer ansehen wollen. Ist doch bestimmt spannend.«

Lily spürte wieder den Kloß in ihrem Hals und presste nur ein »Tu, was du nicht lassen kannst« hervor. Wo blieben Travis oder Ava?

Kendra beugte sich mit weit aufgerissenen Augen zu Lily über den Tisch. »Na, wie wär's? Du zeigst mir diesen mysteriösen Raum, und dann sehen wir mal, was passiert.« Lily hatte keine Zweifel mehr: Dieses Mädchen war total gestört. Sie würde keine Minute länger als nötig mit ihr verbringen und hoffte, dass auch Ava bald das Interesse verlieren würde, wenn sie erst mal merkte, was für einen Knall Kendra hatte.

»Was ist mit einem mysteriösen Raum?«, fragte Ava und stellte das Tablett auf dem Tisch ab. »Redet ihr über Raum 213?« Sie warf Lily einen skeptischen Blick zu.

»Ja, ich finde das total spannend«, erklärte Kendra und verteilte die Teller mit den Pizzastücken. »Aber Lily scheint mir eher von der ängstlichen Sorte zu sein.« Sie gluckste, als gäbe es keinen lustigeren Gedanken. »Ich an eurer Stelle wäre der Sache schon längst mal auf den Grund gegangen. Ist doch total aufregend!«

»Na ja«, sagte Ava. »Aufregend ist was anderes, wenn du mich fragst. Raum 213 ist kein lustiges Gruselkabinett, für das man fünf Dollar Eintritt zahlt und dann eine zweitklassige Dracula-Imitation geboten bekommt. Das ist LE-BENS-GE-FAHR.« Lily war erleichtert, dass Ava ihr zur Seite sprang und nicht auf Kendras merkwürdige Vorstellungen von Abenteuer einging.

»Du kannst froh sein, wenn mal eine Weile nichts passiert«, fuhr Ava fort und begann, an ihrer Pizza herumzusäbeln. »Das bringt immer alles durcheinander hier.«

»Der Kaffee war für dich, oder?«, fragte Kendra und balancierte die Tasse in Lilys Richtung. Dann knallte sie diese mit einem solchen Ruck auf den Tisch, dass der Kaffee rausschwappte und auf Lilys Hose lief. Und als wäre das noch nicht genug, tat Kendra in dem Versuch, Lily mit Servietten zu Hilfe zu eilen, so geschäftig, dass sie die Tasse ganz umstieß. »Pass doch auf!«, zischte Lily und sprang von ihrem Stuhl auf.

»Oh, das tut mir leid«, säuselte Kendra scheinheilig. »War echt keine Absicht.«

»Klar«, sagte Lily. »Überhaupt nicht. Ich geh dann mal aufs Klo und versuche, den Fleck rauszukriegen.« Sie drehte sich wütend um und marschierte davon.

»Alles okay?«, rief Ava ihr hinterher. »Oder brauchst du Hilfe?«

Lily schüttelte den Kopf, ohne sich noch einmal umzusehen.

Als sie die Tür zu den Toiletten öffnete, kamen ihr zwei kichernde Juniors entgegen, zwei der drei Waschbecken wurden von Mädels besetzt, die ihr Make-up erneuern mussten.

Lily kochte innerlich, während sie wie eine Irre an dem Fleck herumrubbelte. Der Kaffee ließ sich natürlich nicht entfernen, da konnte sie noch eine Stunde hier stehen.

Das hier war keine Einbildung, das war offensichtlich: Kendra hatte Lily zu ihrem Hassobjekt auserkoren und ihr soeben den Krieg erklärt. Doch Lily würde sich nicht auf dieses Spielchen einlassen. Sie würde jetzt wieder da rausgehen und Kendra die Meinung sagen.

Nach einem letzten Blick in den Spiegel straffte sie sich und verließ den Toilettenraum. Der Trubel in der Cafeteria hatte sich ein wenig gelegt, sodass ihr Blick direkt auf den Tisch fiel, an dem Kendra und Ava saßen. Doch sie waren nicht mehr allein: Travis hatte sich dazugesellt. Und was war das? Kendra hatte sich so dicht an ihn gedrängt, dass kaum noch ein Blatt Papier dazwischenpasste. Sie schien ihm etwas zu zeigen, denn sie blickten auf etwas, das auf dem Tisch lag, und amüsierten sich prächtig. Hätte Lily nicht genau hingesehen, hätte sie den schnellen Blick nicht bemerkt, den Kendra ihr zuwarf. Mit einem zynischen Lächeln legte sie ihren Kopf auf Travis' Schulter ab.

3

Lily lehnte sich gegen die Scheibe des Busses und hätte am liebsten angefangen zu heulen. Der ganze Tag heute war von vorne bis hinten beschissen gewesen und sie wollte nur noch nach Hause.

Ihr einziger Lichtblick war das Treffen mit Travis heute Abend, doch nach der Mittagspause hatte sie ihn nicht mehr in der Schule gesehen, um eine Uhrzeit auszumachen. Eine SMS schicken konnte sie ihm auch nicht, also würde sie ihn gleich von zu Hause anrufen. Im Gegensatz zu Ava hatte Lily heute länger in der Schule bleiben müssen, da sie in der Theatergruppe war und heute eine Probe stattfand.

Lily bat den Busfahrer, sie einen Block eher rauszulassen, sie wollte sich noch etwas ihren Kopf durchpusten lassen, um die dunklen Gedanken zu vertreiben.

Draußen dämmerte es schon, und als Lily ausstieg, wehte ihr eine kühle Brise entgegen – ein letzter Gruß des Herbstes, bevor es bald Winter wurde.

Lily wickelte sich den Schal fester um den Hals, den sie heute Morgen zum Glück noch eingepackt hatte, und hängte ihre Tasche über die Schulter.

Die frische Luft tat richtig gut, sie merkte, dass ihr mit jedem Schritt etwas leichter ums Herz wurde. Kendra war wahrscheinlich einfach nur ein bedauernswertes Mädchen, das sich als Neuankömmling aufspielen und ihr Revier abstecken musste. Und Lily war ihr dabei offensichtlich als Erste in die Quere gekommen ... wahrscheinlich würde Kendra sich in ein paar Tagen beruhigen und Lily in Frieden lassen, wenn sie erst mal ihren Platz an der Eerie High gefunden hatte.

Lily war so in Gedanken versunken, dass sie die Schritte hinter sich zunächst gar nicht wahrnahm.

Doch dann drang das Klacken der Absätze in ihr Bewusstsein, es hatte etwas Aggressives – *tock, tock, tock,* wie ein unermüdlicher Verfolger, der ihr auf den Fersen war. Das Klacken war perfekt auf ihren Schritt abgestimmt, und für einen winzigen Augenblick fragte Lily sich, ob sie selbst diese Geräusche verursachte. Doch sie trug Turnschuhe und die klackten bekanntermaßen nicht.

Um die Situation auszuloten, verlangsamte sie ihren Gang – das Klacken passte sich an. Sie ging schneller – das Klacken wurde ebenfalls schneller.

Das gibt es doch gar nicht, dachte Lily und bog in die nächste Seitenstraße ab.

Die Schritte folgten ihr. *Tock, tock, tock.* Es war, als würde ihr von innen jemand rhythmisch gegen die Schädeldecke hämmern. Immer wieder, *tock, tock, tock.*

Lily bog ein weiteres Mal ab und dann gleich wieder, zu spät bemerkte sie, dass sie in einer Sackgasse gelandet war. Hier war keine Menschenseele auf der Straße und es brannte nirgends Licht; wenn sie jetzt um Hilfe rief, würde sie niemand hören.

Niemand. Dieser Gedanke setzte sich in Lily fest, so fest, dass sie gar nichts anderes mehr wahrnahm, nicht den Weg vor sich, nicht die Straßenlaternen, die jetzt angingen. Als gäbe es nur sie und diese Schritte. Ihr Kopf war komplett von dem Hämmern ausgefüllt, das ihr folgte. *Tock, tock, wir sind schneller als du. Tock, tock, wir kriegen dich. Tock, tock, verschwinde lieber, bevor es zu spät ist.*

Wie von einer fremden Macht gesteuert, beschleunigte Lily ihren Schritt und lief nun fast, sie stürzte einfach geradeaus weiter, obwohl sie wusste, dass die Straße nach wenigen Metern zu Ende sein würde und es dann keinen Ausweg mehr für sie gab. Die Schritte waren ihr weiter auf den Fersen, *tock, tock, hast du Angst?*

Jetzt rannte sie, warf aus einem Reflex heraus den Kopf zur Seite, ein verzweifelter Versuch, herauszufinden, wer da hinter ihr her war. Sie erkannte nichts, sah nur einen langen Schatten.

Es waren nur noch wenige Meter bis zum Ende der Straße, und Lily überlegte verzweifelt, was sie machen sollte. *Tock, tock, na, wohin willst du jetzt noch laufen?* Scheiße, Scheiße, Scheiße! *Tock, tock, ha, jetzt haben wir dich!*

Doch ganz langsam, sodass sie es beinahe nicht bemerkt hätte, drang noch etwas anderes in ihr Bewusstsein, ein Detail, das lediglich für eine Millisekunde aufgeblitzt war. Als dieses Detail ihr Gehirn erreicht hatte, blieb sie abrupt stehen. Auf einen Schlag hatte sie all ihre Sinne wieder beisammen.

Warum ließ sie sich seit gestern von dieser Schlange zum Narren halten? Es waren rote Haare gewesen, die Lily gesehen hatte, da war sie sich sicher, und zu erraten, wem die gehörten – dazu bedurfte es keiner allzu großen Kombinationsgabe. Blitzschnell drehte sie sich um, bereit zum Angriff, doch als sie den Mund öffnete, erkannte sie, dass es gar nicht Kendra war, die da hinter ihr lief. Es war einfach nur irgendeine rothaarige Frau, die es eilig zu haben schien und jetzt mit klapperndem Schlüssel an Lily vorbei- und die Auffahrt des letzten Hauses an der Straße hinaufstöckelte.

Lilys Puls beruhigte sich langsam, während sie der Frau fassungslos hinterherstarrte. Was war mit ihr los gewesen? Warum hatte sie sich dermaßen in diese Verfolgung hineingesteigert, die gar keine gewesen war? Und was hatte Kendra an sich, dass Lily seit ihrer ersten Begegnung so nervös war?

Sie sah sich suchend um. Sie kannte sich hier überhaupt nicht aus. Sie hatte sich zu allem Überfluss auch noch verlaufen – kein Wunder, wenn man vor etwas wegrannte, von dem man dachte, dass es einem an die Gurgel springen würde. Sie beschloss, den Weg einfach zurückzugehen, irgendwann würde sie dann sicher wieder an der Spring Avenue rauskommen, wo sie aus dem Bus gestiegen war.

Der Wind war jetzt stärker geworden und pfiff durch ihre Jacke. Sie würde zusehen, dass sie schleunigst nach Hause kam. Sie lief die Sackgasse zurück, doch schon an der Kreuzung wusste sie nicht mehr, ob sie rechts oder links gehen sollte.

Sie entschied sich für rechts, stellte aber schnell fest, dass das keine gute Idee gewesen war. In ihrem ganzen Leben hatte sie sich noch nicht in diese Ecke von Eerie verirrt. Hier sahen alle Häuser gleich aus, Lily blieb stehen und drehte sich einmal im Kreis, um festzustellen, ob sie irgendetwas wiedererkannte.

Nichts. Sie ging ein paar Schritte weiter, in der Hoffnung, irgendwen zu treffen, den sie fragen konnte, doch die Stadt war in dieser Gegend wie ausgestorben. Wenn sie ihr Handy dabeigehabt hätte, hätte sie jemanden anrufen oder sich mit dem Navi nach Hause leiten lassen können, aber so …

Nachdem sie es mit zwei weiteren Straßen versucht hatte, überlegte Lily schon, irgendwo zu klingeln und um Hilfe zu bitten. Doch dann hörte sie hinter sich ein Motorengeräusch und ein Auto fuhr langsam an ihr vorbei. Für einen kurzen Moment glaubte sie, dass jemand sie durch das Fenster auf der Beifahrerseite anstarrte, aber sie würde sich kein zweites Mal beirren lassen.

Sie ging einfach weiter, zögerte allerdings kurz, als der Wagen ein paar Meter vor ihr anhielt.

Jetzt sei nicht albern, ermahnte sie sich. *Wenn du hier wieder rausfinden willst, musst du irgendwen nach dem Weg fragen.*

Lily straffte sich und ging auf das Auto zu. Gerade als sie an die Scheibe klopfen wollte, flog die Tür auf. Mit einem Satz sprang sie zurück und landete beinahe auf dem Hintern, so sehr hatte sie sich erschrocken. Dann sah sie, wer da im Auto saß, und entspannte sich sofort.

»Was machst *du* denn hier?«, fragte Holly kichernd. Sie war Cheerleader für die Footballmannschaft in Eerie und nicht besonders schlau, aber Lily fand sie trotzdem ganz okay. »Du wohnst doch in einer ganz anderen Ecke, oder?«

»Ja, schon«, antwortete Lily und streckte den Kopf vor, um zu sehen, wer hinterm Steuer saß. Es war Phil, ein ziemlicher Idiot, der eine Vorliebe für blonde Dummchen hatte und eine nach der anderen flachlegte. »Hi, Phil«, sagte sie knapp und wandte sich wieder an Holly.

»Kannst du mir sagen, wie ich von hier am besten zurück auf die Spring Avenue komme?«

»Puh.« Holly blies sich ihre Ponyfransen aus dem Gesicht.

»Also, da gehst du am besten da vorne links, dann die Straße runter –«

»Ich kann dich doch schnell bringen«, sagte Phil, was Holly mit einem finsteren Blick quittierte.

»Aber wir wollten doch … du wolltest doch noch mit zu mir …«

»Hey, ich komm doch gleich wieder!«, entgegnete er und fuhr ihr mit der Hand über den Oberschenkel.

Widerlich, dachte Lily, wusste aber gleichzeitig, dass sie genau zwei Alternativen hatte: Sie konnte entweder weiter hier durch die Gegend irren, bis sie komplett durchgefroren war, oder sie biss die Zähne zusammen und ließ sich von Phil nach Hause fahren.

»Das wär echt nett von dir«, sagte sie, ohne lange zu überlegen.

»Na dann steig ein!« Sein schmieriges Grinsen ließ Lily noch einmal kurz zögern, doch was sollte Phil ihr schon tun? Sie ließ Holly aussteigen und setzte sich auf den Beifahrersitz. Kaum hatte ihr Hintern den Ledersitz berührt, trat Phil auch schon aufs Gas und fuhr los. Die verdutzte Holly blieb am Straßenrand stehen.

»Und, was hast du die nächsten Abende so vor?«, fragte Phil, als sie an der ersten Ampel hielten.

»Soll das eine Anmache sein, oder was?«, fragte Lily zurück. »Ich dachte, du bist mit Holly zusammen.«

»Aber wer weiß denn, was morgen ist?«, sagte er grinsend, und Lily wäre am liebsten sofort ausgestiegen.

»Ich habe übrigens auch einen Freund, nur dass das klar ist.«

»Na und, das hat doch nichts zu bedeuten.« Er fuhr wieder an, während Lily hoffte, bald irgendwas wiederzuerkennen, den großen Supermarkt an der Spring Avenue zum Beispiel oder irgendeine Bushaltestelle.

»Ah, da vorne an der Ecke kannst du mich rauslassen«, sagte sie, als sie endlich wieder wusste, wo sie waren.

»Also ein echter Gentleman fährt seine Lady bis vor die Haustür, das ist ja wohl klar.«

Lily beschloss, nichts mehr darauf zu erwidern. So würde sie nur noch die Auffahrt hochgehen müssen, dann könnte sie sich aufs Sofa werfen, in eine Decke wickeln, Travis anrufen und sich auf den Abend mit ihm freuen.

»Bleib sitzen«, forderte Phil Lily auf, als er vor dem Haus anhielt. »Ein echter Gentleman öffnet seiner Lady die Tür!«

Und schon sprang er aus dem Auto und stand an der Beifahrerseite. Lily hatte die Tür bereits selbst geöffnet, aber er hielt ihr seinen Arm hin, an dem sie sich vorbeidrängte.

»Danke«, sagte sie knapp und suchte in der Tasche nach ihrem Hausschlüssel.

Idiot, ging es ihr durch den Kopf, als sie das Haus betrat. Doch als ihr der Geruch von frisch gebackenem Kuchen in die Nase stieg, war ihr Ärger sofort wieder verflogen.

»Hallo, Mom!«, rief sie in die Küche.

»Hallo, mein Schatz!«, rief ihre Mutter zurück und kam in den Flur. »Wie war dein Tag?«, fragte sie, während sie sich ihre Hände an einem Tuch abtrocknete.

»Ach, frag lieber nicht«, sagte Lily und zog ihre Jacke aus. »Hat sich Travis gemeldet?«

»Dieser nette Junge aus deiner Schule?« Lilys Mutter lächelte. »Nicht dass ich wüsste, wieso?«

Lily wollte ihren Eltern noch nichts von ihrer Beziehung erzählen, dafür war alles zu frisch und zu zerbrechlich. Sie ging in ihr Zimmer und warf die Tasche auf das kleine Sofa. »Ach, so halt«, rief sie in die Küche. »Gibt es irgendwas zu feiern oder warum hast du gebacken?«

»Mir war einfach mal danach. Nimm dir ein Stück, wenn du magst.«

Lily wollte sich gerade eine bequemere Hose anziehen, als ihr Blick auf das kleine Tischchen vor ihrem Sofa fiel. Es lagen jede Menge Zeitschriften darauf herum, außerdem standen da eine alte Kaffeetasse sowie ein Schälchen mit einem Rest Chips. Doch es war etwas anderes, das Lilys Aufmerksamkeit erregte.

»Äh, woher kommt das denn?«, fragte sie und ging mit dem Handy in der Hand wieder in die Küche. »Das habe ich doch Sonntag verloren.«

»Ach ja, das hat gerade jemand vorbeigebracht. Müsstest sie ganz knapp verpasst haben«, antwortete Lilys Mom.

Sie?

»Wer war es denn?«, fragte Lily, doch sie kannte die Antwort sowieso schon.

»Ein nettes junges Mädchen, müsste etwa in deinem Alter gewesen sein.« Lilys Mutter schob ein Stück Kuchen auf einen Teller und reichte ihn Lily.

»Hatte sie zufällig lange rote Haare?«, wollte Lily wissen. Vom Kuchen würde sie wahrscheinlich nicht einen einzigen Bissen hinunterbekommen.

»Ja, genau. Geht sie auf deine Schule?«

Dieses Biest, zischte Lily innerlich. Was hatte sie mit ihrem Handy gemacht?

»Äh, ja, also eigentlich erst seit heute, sie ist neu an der Eerie High und ich hatte Chemie mit ihr.«

»Na ja, jedenfalls hat sie das Handy auf dein kleines Tischchen gelegt und ist dann auch gleich wieder verschwunden.«

»SIE WAR IN MEINEM ZIMMER?«, kreischte Lily entsetzt. Sie rannte sofort zurück, um zu sehen, ob irgendetwas fehlte. Es hätte sie nicht gewundert, wenn Kendra rein zufällig ein kleines Souvenir in die Finger gefallen wäre.

Hektisch ließ sie ihren Blick schweifen. Auf ihrem Schreibtisch herrschte das übliche Chaos, sie fuhr durch die Zettel und blätterte wie wild in ihrem Aktenordner, ohne überhaupt zu wissen, wonach sie suchen sollte. Ihr Rechner war aus, die CDs schienen auch noch alle an ihrem Platz zu stehen und ihr Bett war noch genauso zerwühlt wie heute Morgen. Sie warf die Bettdecke hoch, als würde sich darunter etwas verstecken, und dann sah sie unter ihr Kopfkissen.

Das Foto.

Kendra hatte das Foto mitgenommen. Wütend knallte Lily ihr Kissen wieder aufs Bett und spürte, wie ihr Tränen in die Augen stiegen. Seit drei Wochen hatte sie sich Travis' Bild jeden Abend vor dem Einschlafen angesehen. Das Bild, das ihn vor strahlend blauem Himmel in den Rocky Mountains zeigte, wo er im Frühjahr mit seinen Eltern im Urlaub gewesen war. Lily hatte mit ihm gesprochen, auch wenn das albern war, und danach hatte sie das Foto unter ihr Kopfkissen gelegt. So hatte sie das Gefühl gehabt, ihn ganz in ihrer Nähe zu haben.

Kendra war ein herzloses Monster. Was wollte sie mit dem Foto? Lily konnte sich nicht vorstellen, dass sie sich innerhalb eines Tages ebenfalls unsterblich in Travis verliebt hatte. Sie glaubte vielmehr, dass Kendra ihr wehtun wollte. Und zwar da, wo es sie am meisten traf.

Lily griff sich ihr Handy, um Travis anzurufen, und sah, dass eine SMS eingegangen war.

> Schade, ich hatte mich so gefreut. Dann am Wochenende?!
> Kuss, T

Was sollte das? Lily ließ sich nach hinten auf ihr Bett fallen und klickte sich durch den Ordner der gesendeten SMS. Heute Mittag ging eine Nachricht an Travis' Nummer raus. Lily öffnete sie:

> Hey Süßer, hab mein Handy wieder. Leider wird's heute Abend nichts mit uns und die Woche über sieht es auch schlecht aus. Sorry, L

Lily wischte sich die Tränen aus den Augen und setzte sich wieder auf. Was fiel diesem Miststück ein, in ihrem Namen Nachrichten zu versenden?

Sie drückte auf den grünen Hörer, um Travis anzurufen. Diesen Mist durfte er doch nicht glauben! Lily wartete gefühlte Stunden, bis eine Verbindung aufgebaut war, doch es sprang nur die Mailbox an.

»Toll!«, sagte sie wütend und warf ihr Handy aufs Bett. Am liebsten hätte sie laut geschrien, um ihrem Ärger Luft zu machen.

Was sollte sie jetzt tun? Sich ins Auto setzen und zu Travis fahren? Es so lange auf dem Handy probieren, bis er es endlich wieder anschaltete? Lily konnte kaum einen klaren Gedanken fassen. Sie sprang vom Bett auf, lief in ihrem Zimmer auf und ab, setzte sich auf ihren Schreibtischstuhl, sprang wieder auf, ging zur Tür, setzte sich wieder hin und schaltete den Rechner ein. Vielleicht war Travis ja online und sie konnte mit ihm chatten. Doch es war nichts von ihm zu sehen, also blieb ihr nichts weiter übrig, als ihm eine Mail zu schreiben, dass er sich bei ihr melden solle.

Dann tat sie, was sie immer tat, wenn sie in einer Krise steckte: Sie rief Ava an.

Nach dreimaligem Klingeln hob sie ab. »Jaaaaa?«

Doch das war nicht Ava am anderen Ende der Leitung.

Es war Kendra.

4

»Wo hast du denn gestern gesteckt?«, fragte Ava am nächsten Morgen. Der Unterricht hatte noch nicht begonnen und sie trotteten über den Schulhof.

»Zu Hause, wo sonst«, antwortete Lily nicht gerade freundlich. »Ich habe ja niemanden erreicht, weder dich noch Travis.«

»Aber du hast doch mit Kendra gesprochen, oder nicht? Ich habe ihr ein paar Läden gezeigt, und als du angerufen hast, war ich gerade in der Umkleide bei *Snaps*. Sie meinte, du hättest keine Lust zu kommen.«

Wie bitte? Lily hatte kein einziges Wort mit Kendra gewechselt. Als sie ihre Stimme am anderen Ende der Leitung gehört hatte, hatte sie sofort aufgelegt.

»Was? Ich habe überhaupt nicht mit ihr gesprochen!«

Ava warf Lily einen skeptischen Blick zu. »Also ich war doch dabei. Du hast sie gefragt, was wir gerade machen, und sie hat gesagt, dass wir in der Mall sind und ob du nicht Lust hast, auch zu kommen. Es war echt total nett, ich habe ein paar coole Teile erstanden, ein neues Top und diese Jacke hier«, sie drehte sich einmal um die eigene Achse und hörte gar nicht mehr auf, begeistert vor sich hin zu quatschen. »Und Kendra hat sich eine total süße Bluse gekauft, die steht ihr wirklich wahnsinnig –«

»Ava!«, unterbrach Lily sie. »Ich habe aufgelegt, als Kendra an dein Telefon gegangen ist. Ich hab überhaupt nicht mit ihr geredet! Und falls es dich interessiert: Sie hat auch in meinem Namen eine SMS an Travis geschrieben und unser Date für den Abend abgesagt.« Sie holte kurz Luft. »Außerdem war sie in meinem Zimmer und hat etwas mitgehen lassen.«

»Was denn?«

»Mein Foto von Travis, das ich immer unterm Kopfkissen liegen habe.«

»Echt? Das ist ja krass. Aber wieso sollte sie so etwas tun?« Ava kickte eine leere Coladose vor sich her.

»Weil sie es – warum auch immer – auf mich abgesehen hat? Weil sie mir – warum auch immer – offensichtlich den Freund und die beste Freundin ausspannen will?«

Ava blieb stehen und sah Lily mit festem Blick an. »Wie lange kennen wir uns? Gute zehn Jahre, oder? Meinst du, das kann irgendjemand kaputt machen? Und Kendra ist heute gerade mal den zweiten Tag an der Schule, wie kann sie es da schon auf dich abgesehen haben? Und vor allem: warum?«

Lily spürte, wie sich Verzweiflung in ihr breitmachte. Es war klar, dass Ava ihr nicht glaubte. Und genau das hatte Kendra sicher im Sinn gehabt.

»Ich weiß es nicht«, sagte sie beinahe wimmernd. »Ich habe diese Person in meinem ganzen Leben noch nicht gesehen, keine Ahnung, was das alles soll.«

»Ich glaube, du bist einfach ein bisschen empfindlich. Gib's zu, du bist schon ziemlich eifersüchtig. Und manchmal siehst du auch Dinge, die gar nicht da sind. Weißt du noch, damals mit Seth, da bist du …«

»Schon gut, hör auf.« Lily hatte keine Lust, schon wieder über Seth zu reden.

»Komm, jetzt gib ihr noch eine Chance«, sagte Ava. »Vielleicht hattet ihr keinen guten Start, aber ich kann dir versichern, dass sie wirklich supernett ist. Sie hat denselben Humor wie wir und findet die gleichen Sachen cool. Ach, schau mal, dahinten ist sie ja!«

Ava begann zu winken und zu rufen, als wäre sie eine Ertrinkende, die nur von Kendra gerettet werden konnte. Lily überlegte, ob sie sich umdrehen und einen anderen Eingang ins Gebäude nehmen sollte, aber da war Kendra auch schon bei ihnen.

»Hey, ihr zwei«, rief sie überschwänglich. »Alles klar bei euch?«

»Hey«, rief Ava zurück. »Du hast ja die Bluse von gestern an! Steht dir wirklich total gut. Findest du nicht auch, Lily?«

Lily wollte gar nicht hinsehen, musste dann aber zugeben, dass ihr das Teil auch gefallen hätte – genau ihr Stil und ihre Farbe.

»Mmh«, machte sie nur.

Sie ließ ihren Blick über den Schulhof schweifen in der Hoffnung, Travis zu sehen. Gestern hatte er spät am Abend noch eine SMS geschickt, in der stand, dass sie ja heute in Ruhe quatschen könnten und dass er sich schon auf sie freue – wenigstens ein kleiner Trost für das abhandengekommene Foto.

Die Glocke zum Unterrichtsbeginn ertönte, und Lily überlegte fieberhaft, wie sie Kendra auf das Handy und ihren Besuch in Lilys Zimmer ansprechen könnte.

Sie musste sie irgendwie allein erwischen, denn solange

Ava dabei war, würde Kendra die Liebe, Nette spielen und total unschuldig tun.

Als sie das Schulgebäude betraten, knackten die Lautsprecher über ihnen und die Direktorin machte eine Ankündigung: »Ich bitte alle Schüler, sich vor Unterrichtsbeginn in der Aula zu versammeln.«

Die Leute drängten sich in Scharen die Treppe hoch, sodass Lily in dem Getümmel den Anschluss an Ava und Kendra verlor, dafür spürte sie, wie sich eine Hand in ihre schob. Sie lächelte und drehte sich zur Seite, die bleierne Schwere wandelte sich zu einer wunderbaren Leichtigkeit, als sie Travis neben sich sah.

»Hallo, meine Schöne«, sagte er und gab ihr einen Kuss auf den Hals. Lily wäre am liebsten stehen geblieben, um ihn ganz fest zu umarmen und nicht mehr loszulassen, doch sie wurden von den Schülerhorden weiter vorwärtsgedrängelt.

»Tut mir leid wegen gestern«, sagte Lily. »Das war alles ein riesengroßes Miss–«

»Pssst«, machte Travis und legte ihr seinen Zeigefinger auf den Mund. »Gestern war gestern und heute ist heute. Das holen wir einfach so schnell wie möglich nach, okay?«

»Aber ich habe –«

»Lily!«, sagte Travis streng. »Alles ist gut, ja? Du musst dich nicht vor mir rechtfertigen.«

Na gut, dachte Lily. Sie wollte auch keine Probleme schaffen, wo offensichtlich keine waren. Sie sollte sich lieber freuen, dass es Kendra nicht gelungen war, Travis in irgendeiner Art zu verunsichern.

Als sie die Aula endlich erreicht hatten, war es schon rappelvoll und es gab keinen einzigen freien Platz mehr. Lily und Travis lehnten sich gegen die Wand und die Direktorin stellte sich vorne ans Rednerpult.

»Hast du eine Ahnung, was sie will?«, fragte Lily, doch Travis zuckte mit den Schultern.

»Aber ich weiß, was ich will«, sagte er grinsend, zog sie zu sich heran und küsste sie auf den Mund. Mit ineinander verschränkten Fingern standen sie da und warteten, bis die Direktorin mit ihrer Ansprache begann.

»Liebe Schülerinnen und Schüler! Wie ihr wisst, müssen wir regelmäßig Notfallübungen durchführen, und in diesem Schuljahr wird die Lehrerschaft verschärft darauf achten, dass die vorgeschriebenen Richtlinien eingehalten werden und alle Schüler daran teilnehmen.«

Lily entspannte sich. Bisher hatte die Direktorin noch nie alle Schüler versammelt, um über etwas so Langweiliges wie Fluchtwege und Feuerlöscher zu reden, aber wahrscheinlich war die Prozedur auch nicht ungewöhnlich.

Sie suchte die Aula nach Ava ab, konnte sie jedoch nirgends entdecken. Gerade rechtzeitig stahlen sich die Worte der Direktorin wieder in ihr Bewusstsein.

»In der Vergangenheit kam es immer wieder zu Zwischenfällen, deshalb möchte ich die Gelegenheit heute auch noch einmal nutzen und euch eindringlich warnen: Versucht auf keinen Fall, euch Zutritt zu Raum 213 zu verschaffen, und betretet den Raum auch *niemals*, wenn die Tür offen steht.«

Lily spürte sofort wieder den Kloß im Hals. Als würde Travis ihre Gedanken erahnen, drückte er ihre Hand sacht. *Ich bin bei dir,* sollte das heißen. *Du musst da nicht allein durch.*

In der Aula hätte man eine Stecknadel fallen hören können. Jeder wusste, dass Raum 213 eine tödliche Gefahr bedeuten konnte, dennoch reizte es einen Großteil der Schüler, dem Geheimnis selbst auf die Spur zu kommen, das Grauen am eigenen Leib zu erfahren. Lily hatte dafür kein Verständnis und hoffte, die Versammlung wäre bald zu Ende.

Die Direktorin blickte in den überfüllten Saal. »Das war es erst mal für heute. Bitte kooperiert bei den Notfallübungen und nehmt sie ernst. Und jetzt ab in eure Unterrichtsräume.«

Die Schüler bewegten sich nur halb so begeistert aus der Aula hinaus, wie sie vorhin hereingestürmt waren, die Masse schob sich träge durch die große Flügeltür.

Lily und Travis warteten, bis der Großteil draußen war, und schlossen sich an.

»Hey Travis«, ertönte es plötzlich hinter ihnen. Lily spürte, wie sich eine Gänsehaut auf ihrem Körper ausbreitete. Automatisch nahm sie Travis' Hand, so als könnte sie dadurch verhindern, dass er sich umdrehte und auf das Gespräch einließ. Doch natürlich funktionierte das nicht.

»Hey, ihr zwei«, sagte er und wandte den Kopf. »Wart ihr gestern noch lange im *Havanna*?«

Kendra drängte sich auf Travis' andere Seite. »Nee, wir sind dann auch gleich abgehauen, als du weg warst. Dann war es ja nur noch halb so schön.« Sie kicherte, während Lily die Galle hochkam. Was hatten die drei gestern Abend gemacht?

Travis sah Lily an. »Echt schade, dass du keine Zeit hattest.«

»Ja, das finde ich auch«, entgegnete Lily spitz. »Scheint ja ein irrer Abend gewesen zu sein ohne mich.«

»Jetzt sei nicht so«, sagte Ava und drängte sich neben Lily

durch die Tür. »Das holen wir einfach nach. Wie wär's, wenn wir heute nach der Schule noch mal in die Mall fahren? Wir haben gestern ein paar Teile gesehen, bei denen ich sofort an dich gedacht habe.« Sie stieß Lily sacht mit dem Ellbogen in die Seite. »Komm, jetzt sei kein Frosch«, sagte Ava mit einem quakenden Unterton und machte dazu einen breiten Froschmund. Lily musste lachen, auch wenn der Witz schon uralt war.

»Was ist mit dir?«, fragte sie Travis.

»Ich bin raus aus der Nummer. Drei Ladys beim Shoppen, das ist mir dann doch zu viel. Außerdem wollte ich mich heute mit Jonah treffen.«

»Oh, und was habt ihr genau vor?«, fragte Kendra interessiert.

»Du kommst mit uns!«, sagte Lily bestimmt. Weniger, weil sie unbedingt einen Nachmittag mit Kendra verbringen, sondern vielmehr, weil sie diese Irre von ihrem Freund fernhalten wollte.

In der Mall war kaum etwas los – die beste Voraussetzung für einen entspannten Shoppingnachmittag. Lily wünschte, sie hätte ihn allein mit ihrer besten Freundin verbringen können, doch nun hatten sie Kendra im Schlepptau, die unaufhörlich quatschte und Lily schon nach wenigen Minuten auf den Geist gegangen war.

Aber sie hatte beschlossen, sich die Laune dieses Mal nicht wieder von Kendra verderben zu lassen, das war es einfach nicht wert. Außerdem hatte sie Angst, dass Ava sie irgendwann für total paranoid halten und keine Lust mehr haben würde, sich mit ihr zu treffen, weil sie immer nur schlecht drauf war.

»Wie sieht's aus, Mädels?«, fragte Ava. »Gehen wir noch mal kurz in dieses neue Designer-Outlet oder ist uns das immer noch zu teuer?«

»Na klar«, rief Lily begeistert, bevor Kendra irgendwas anderes vorschlagen konnte. »Wow, seht mal dieses Kleid da im Schaufenster. Das ist ja der Hammer.« Es war dunkelblau und mit klitzekleinen funkelnden Steinchen besetzt, es sah aus wie der Nachthimmel. *Ein Traum,* dachte Lily.

»Na los, dann nichts wie rein«, sagte Ava und marschierte voran. Kurz darauf war sie schon mit einem Berg Klamotten in einer der Kabinen verschwunden.

Jetzt war die Gelegenheit gekommen, auf die Lily schon den ganzen Tag gewartet hatte. »Sag mal«, fragte sie beiläufig, während Kendra ein paar T-Shirts durchwühlte. »Was hattest du eigentlich in meinem Zimmer zu suchen?«

»Ich habe dir dein Handy zurückgebracht. Das war ja wohl nett von mir, oder etwa nicht?«

»Ja, wirklich sehr nett«, sagte Lily sarkastisch. »Besonders in Anbetracht der Tatsache, dass ich es ja nur deshalb verloren habe, weil du mich mit deinem Auto beinahe über den Haufen gefahren hättest.«

Kendra schlenderte weiter. »Was kann ich denn dafür, wenn du so schreckhaft bist?«

Lily packte Kendra am Arm und war darüber selbst überrascht. »Kannst du mir bitte verraten, warum du so scheiße zu mir bist? Ich habe dir doch überhaupt nichts getan!«

Kendra befreite sich mit einem Ruck aus Lilys Griff, ihre Augen verengten sich zu Schlitzen. »Du bist eine ganz widerliche Person«, zischte sie. »Und ich werde dir das Leben zur Hölle machen.« Dann drehte sie sich um und ließ Lily stehen.

Die Hitze schoss Lily ins Gesicht, und sie hatte das Gefühl, ihr Kopf würde jeden Augenblick explodieren. »Dann gib mir vorher aber noch das Foto von meinem Freund zurück«, rief sie Kendra hinterher. Eine vollkommen kindische und überflüssige Reaktion, aber das hatte noch rausgemusst.

»Keine Ahnung, wovon du redest«, gab sie abfällig zurück. »Sieh doch einfach mal unter deinem Bett nach.«

Lily schüttelte den Kopf. Das gerade eben war ohne jeden Zweifel eine Kampfansage gewesen – die niemand gehört hatte außer ihr. Und was das bedeutete, war klar: Es würde ihr wieder niemand glauben.

Wütend stapfte sie zwischen den Kleiderständern hindurch, doch die Shoppinglaune war ihr vergangen. Lustlos zog sie ein paar Jacken hervor, um sie sofort wieder zurückzuhängen, fuhr mit der Hand an den verschiedenen Stoffen entlang und landete schließlich bei den Kleidern. Sie entdeckte das Kleid aus dem Schaufenster und wollte sich gerade freuen, als sie feststellte, dass nur noch ein einziges Exemplar dort hing – und das war eine Nummer zu groß. Sie könnte eine Verkäuferin fragen, ob sie es noch mal kleiner hatte, aber da keine in Sicht war, beschloss sie, den Laden zu verlassen und draußen auf die anderen zu warten.

Sie sah in die Schaufenster der anderen Geschäfte und versuchte, sich langsam wieder zu beruhigen. Sie konnte sich noch so oft fragen, was Kendra gegen sie hatte, eine Antwort würde sie selbst wohl nicht darauf finden.

»Hallo, Lily!«, ertönte eine Stimme aus Richtung des kleinen Cafés etwas weiter vorne. Lily bemerkte einen ausgestreckten Arm, der hin- und herwinkte – und zu Jonah gehörte. Ihr Herz machte einen freudigen Hüpfer, denn wo Jonah war, konnte auch Travis nicht weit sein.

Und tatsächlich saß Travis dort – in diesem dunkelblauen Shirt und mit den leicht zerwuselten Haaren sah er noch besser aus als sonst. Lächelnd ging sie an den Tisch der beiden und ließ sich auf den freien Stuhl fallen.

»Puh, ganz schön anstrengend, so ein Shoppingtrip«, sagte sie und nahm wie selbstverständlich einen Schluck von Travis' Cola.

»Wo sind denn die anderen beiden?«, erkundigte er sich, und für einen winzigen Moment blitzte in Lily der Gedanke auf, dass sie inzwischen vielleicht nur noch im Trio interessant war. Kendra hatte auf ganzer Linie Einzug in Lilys Leben gehalten.

»Ach, die sind noch dahinten im Laden. Kommen bestimmt gleich raus, dann bin ich hier auch wieder weg.« Sie lächelte Jonah an. »Will ja eure Männerrunde nicht stören.«

»Ach, von hübschen Mädchen lassen wir uns gerne stören«, sagte er mit einem Augenzwinkern, woraufhin Travis seinen Arm um Lily legte und sagte: »Das ist meine, nur dass das klar ist.«

Lily musste unwillkürlich lächeln und genoss den Moment.

»Logisch, Mann«, sagte Jonah. »Dann nehme ich eben eine von den anderen beiden Hübschen.«

Lily wandte den Kopf und sah, dass Ava und Kendra in Richtung des Cafés kamen. Sie lachten und redeten und hatten ein paar Tüten dabei.

»Oh, là, là«, machte Travis. »Für die braucht man ja einen Waffenschein!«

Lily traute ihren Augen nicht. Kendra hatte sich umgezogen und trug jetzt ein Kleid. Sie marschierte wie eine Prinzessin die Ladenzeile entlang und zog die Blicke aller Männer auf sich. Als sie näher kam, bestätigte sich, was Lily schon vermutet hatte. Kendra trug *ihr* Kleid, das dunkelblaue mit den silbernen Steinchen. Und sie sah umwerfend darin aus.

»Wow«, sagte Jonah. »Die Königin der Nacht! Komm doch näher, schöne Unbekannte.«

Lily reichte es. Sie sprang auf und schob ihren Stuhl zurück. »Gut, ich verschwinde dann mal. Hab irgendwie genug von«, sie starrte Kendra in ihrem Kleid an, »diesem wahnsinnig lustigen Shoppingnachmittag.« Sie berührte Travis an der Schulter. »Was ist, kommst du mit?«

»Also, ich find's eigentlich gerade ganz nett hier«, sagte Travis.

Lilys Herz rutschte eine Etage tiefer.

»Wollte noch ein bisschen mit Jonah quatschen. Warum bleibst du nicht? Komm, ich bestell uns noch 'ne Runde zu trinken, wir sind doch eine lustige Truppe hier.«

Wunderbar, dachte Lily. *Läuft ja super. Dann macht doch euren Scheiß alleine.*

»Nee, hab versprochen, meiner Mutter zu helfen. Alles klar, dann tschüss.«

Sie gab Travis noch einen halbherzigen Kuss auf die Wange, um wenigstens mit einem letzten bisschen Würde von der Bildfläche zu verschwinden. Traurig, dass offensichtlich weder ihr Freund noch ihre beste Freundin zu bemerken schienen, wie unwohl sie sich in ihrer Haut fühlte. Und wie sehr es Kendra darauf anlegte, Lily ihren Platz streitig zu machen.

Sie drängte sich an Kendra und Ava vorbei und hörte nur noch ein Zischeln an ihrem Ohr. Erst als sie sich ein paar Meter vom Café entfernt hatte, drangen Kendras Worte in ihr Bewusstsein: »Und raus bist du.«

5

»Wenn ich's dir doch sage«, beharrte Lily und ging aufgeregt in Travis' Zimmer auf und ab. »Sie hat mir ganz offiziell den Kampf erklärt. Ich weiß doch auch nicht, warum.«

Travis lag entspannt auf dem Bett und hatte die Arme hinter dem Kopf verschränkt. Im Hintergrund dudelte Musik aus seinem Laptop, und wenn Lily nicht wie ein aufgescheuchtes Huhn umhergelaufen wäre, hätte das ein kuscheliger, romantischer Abend sein können.

»Was genau hat sie denn gesagt?«, wollte er wissen. »Vielleicht war das einfach nur ein extrem schlechter Scherz.«

»Wenn nur ein Mal irgendwas gewesen wäre – von mir aus. Aber erst versucht sie, mich über den Haufen zu fahren, dann kippt sie mir mit Absicht Kaffee über die Hose, wühlt in meinem Zimmer rum und zu guter Letzt schnappt sie mir mein Traumkleid vor der Nase weg. Und auf meinen Traumtypen hat sie es auch noch abgesehen.« Lily setzte sich aufs Bett.

Travis strich ihr sanft über den Rücken. »Das klingt echt sehr merkwürdig. Aber versuch, das alles ein bisschen lockerer zu sehen. Ich meine, sie ist ganz neu an der Schule und kennt noch niemanden, vielleicht muss sie sich einfach ein bisschen aufspielen.«

Lily ließ sich nach hinten fallen und legte ihren Kopf auf

Travis' Oberschenkel ab. »Das würde ich ja gerne. Aber die ist einfach total unheimlich.«

Travis fuhr mit den Fingern durch Lilys lange Haare. »Auf jeden Fall kannst du dir zu hundert Prozent sicher sein, dass sie dir deinen Traumtypen nicht wegschnappen wird. Das schafft sie nämlich nicht. Weil er dich dazu viel zu sehr liebt.«

Lilys Herz machte einen aufgeregten Hüpfer. Mit dieser Liebesbekundung hatte sie nicht gerechnet, schließlich waren sie erst seit wenigen Tagen ein Paar. Sie drehte sich um und schob sich zu Travis' Gesicht hoch, dann sah sie ihm lange in die Augen, um schließlich ihre Lippen auf seine zu pressen.

Seine Zunge tastete sich behutsam vorwärts und Lily hätte sterben können vor Glück. Ihre Hände glitten über Travis' Körper und bahnten sich einen Weg unter sein T-Shirt, seine Hände machten sich an ihrem BH zu schaffen.

Lily löste ihre Lippen von seinen und flüsterte: »Das geht mir ein bisschen zu schnell.«

Er lächelte und flüsterte zurück: »Okay. Wir können uns alle Zeit der Welt lassen.« Und wieder fanden ihre Lippen zueinander und verschmolzen.

Später am Abend lagen die beiden einfach nur nebeneinander auf dem Bett und lauschten der Musik. Es war gemütlich und vertraut, so als wären sie schon seit Jahren zusammen. Draußen war es inzwischen dunkel geworden und der Wind schlug die Zweige der Bäume gegen die Verandatür in Travis' Zimmer.

Er hatte eine Decke über sie ausgebreitet und Lily fühlte sich so geborgen wie lange nicht mehr. »Ich möchte ewig so hier liegen bleiben«, seufzte sie. »Das mit uns ist einfach etwas Besonderes. Ich habe das Gefühl, wir sind irgendwie seelenverwandt … manchmal sprichst du genau das aus, was ich gerade gedacht habe, und dann würde ich dich am liebsten –« Ein kleiner Schnarcher ließ Lily innehalten. Sie wandte ihren Kopf und sah, dass Travis eingeschlafen war. Sanft streichelte sie ihm über die Wange, versuchte, sich jeden Millimeter seines Gesichts einzuprägen: die perfekt geschwungenen Augenbrauen, die langen Wimpern, die leicht schiefe Nase und die schmalen Lippen, die so gut küssen konnten. Lily merkte, dass ihre eigenen Lider immer schwerer wurden und sie wegdämmerte.

Seth saß am Steuer eines Autos und fuhr auf Lily zu, sie wollte weglaufen, doch ihre Füße schienen am Boden festzukleben. Sie schrie, doch aus ihrem Mund kam kein Laut, sie hielt sich die Hände vors Gesicht und wurde plötzlich zu Boden gerissen. Travis hatte sie gerettet, sie fühlte sich sicher, seine starken Hände an ihrer Seite. Doch als sie ihren Kopf zu ihm wandte, bleckte er die Zähne und sein Gesicht wurde zu Kendras Gesicht. Sie lachte erst gehässig und verfiel dann in einen merkwürdigen Singsang, der zu einem Weinen wurde. Kendra schluchzte und ihr liefen die Tränen über die Wangen, und Lily konnte nicht anders, als Kendra diese Tränen wegzuwischen. Sie kauerten auf dem Boden, Lily und ihre Erzfeindin Kendra, als sie plötzlich Schritte hörten. Travis und Seth kamen Hand in Hand in ihre Richtung, mit entschlossenem Blick, Travis packte Kendra am Kragen und zog sie von Lily weg, gleichzeitig spürte Lily, dass sie selbst von Seth weggezogen wurde. Sie wollte schreien, doch es kam immer noch kein Laut aus ihrem Mund, sie versuchte, sich zu befreien, doch Seth war stärker.

»Was hast du mit mir gemacht?«, brüllte er sie an. »Du hast mich in den Tod getrieben!«

Plötzlich standen sie vor Raum 213, Seth fuhr unbeirrt mit seinem Gebrüll fort: »Sieh dir an, was ich ertragen musste!« Lily sah wie paralysiert in das Klassenzimmer, in dem Travis und Kendra standen und sich innig umarmten und küssten. Dann wurde sie von einem grellen Licht geblendet, es war das Licht von Autoscheinwerfern, die zu dem Wagen gehörten, der sie vorhin überfahren wollte. Sie hielt sich die Hand vor die Augen, versuchte, Travis in dem Licht wieder ausfindig zu machen, aber er war verschwunden. Lily hörte nur noch Kendras gehässiges Lachen, das sich immer weiter entfernte, und dann gab es einen lauten Knall.

Lily fuhr ruckartig hoch. Sie war schweißgebadet und wusste im ersten Augenblick nicht, wo sie war. Um sie herum nichts als Dunkelheit – lediglich der volle Mond schickte ein wenig kaltes Licht durch die Verandatür. »Travis?«, fragte sie zögerlich, doch es kam keine Antwort.

Hatte gerade nicht noch das Licht gebrannt? Wie lange war sie weg gewesen? Sie wusste es nicht. Und dieser Traum … er hatte etwas Befremdliches gehabt. Gleichzeitig war er … so real gewesen. Lily rieb sich die Augen, doch die Bilder in ihrem Kopf verblassten nicht. Das Knallen, mit dem sie hochgeschreckt war, hallte in ihrem Gedächtnis wider.

Vorsichtig tastete sie das Bett ab, aber Travis lag nicht mehr neben ihr. Sie schwang ihre Beine über die Bettkante, um nach einem Lichtschalter zu suchen, als sie plötzlich ein lautes Klopfen hörte. Vor Schreck hätte sie beinahe laut aufgeschrien, doch sie presste schnell die Hände vor den Mund.

War sie gar nicht wach, sondern noch immer im Traum gefangen? Woher war das gekommen? Lily starrte in Richtung der Zimmertür und wartete, ob jemand eintrat. Es verging eine Sekunde. Eine zweite. Nichts geschah. Reflexartig jagte ihr Blick zur Verandatür.

Was sie dort sah, ließ ihr das Blut in den Adern gefrieren. Sie kniff die Augen zusammen, um besser sehen zu können. Es gab keine Zweifel.

Vor der Tür stand jemand.

Und es war nicht irgendjemand.

Im Schein des Mondes konnte Lily rotes Haar ausmachen. War das hier wirklich real? Ihr Puls raste, und sie überlegte verzweifelt, was sie tun sollte.

Es gab nur eine einzige Person, die im Dunkeln um Häuser schleichen und in fremde Fenster glotzen würde. Aber woher wusste Kendra, dass Lily hier war? Oder war sie gar nicht ihretwegen hier, sondern weil sie Travis treffen wollte? Lily konnte nicht einschätzen, ob Kendra sie von draußen sehen konnte oder ob Kendra dachte, Travis würde hier schlafen.

Sollte sie aufstehen und zur Tür gehen? Oder sollte sie sich einfach tot stellen und warten, was passierte? Lily konnte keinen klaren Gedanken fassen.

Schließlich traf sie eine Entscheidung. Langsam erhob sie sich vom Bett, Zentimeter für Zentimeter, um sich nicht durch eine schnelle Bewegung zu verraten. Lilys Knie zitterten so sehr, dass sie Angst hatte, gleich wieder nach hinten umzufallen. Schritt für Schritt ging sie vorwärts, als ein neuerliches Klopfen sie zusammenzucken ließ. *Das ist ja schlimmer als in einem Horrorfilm,* schoss es ihr durch den Kopf. Sie ging weiter und stieß mit dem Fuß gegen etwas

Hartes. »Autsch«, entfuhr es ihr, und sie versuchte zu erkennen, was da im Weg gestanden hatte. Es musste das kleine Tischchen gewesen sein, auf dem Travis ein paar Zeitschriften liegen hatte. »Mist«, fluchte sie vor sich hin, denn der Schmerz pochte widerlich in ihrem kleinen Zeh.

Als sie aufsah, war Kendra wie vom Erdboden verschluckt.

Lily ging zur Verandatür und öffnete sie langsam. Sie lauschte in die Dunkelheit. Nichts. Totenstille. Nur ihr eigener Pulsschlag wummerte in ihrem Kopf. Lily drehte vorsichtig den Kopf, erwartete förmlich, dass Kendra an die Wand gepresst neben der Verandatür stehen und ihr gleich an die Gurgel springen würde. Doch sie war verschwunden.

Der Wind hatte etwas nachgelassen, trotzdem war es eiskalt. Lily wusste, was für eine hirnrissige Aktion das war, aber sie musste herausfinden, ob Kendra wirklich die Dreistigkeit besessen hatte, hier aufzutauchen und sie oder Travis zu stalken.

Vorsichtig setzte sie einen Fuß auf die Veranda. War das dahinten ein Rascheln? Ein Knacken von Zweigen, auf die jemand trat? Lily rannte – nur in Socken – über die Holzplanken und die drei Stufen in den Garten hinunter. Die Bäume und Sträucher warfen merkwürdige Schatten auf den Rasen, es war, als würden sie Lily beobachten in ihrem verzweifelten Versuch, eine Irre zu jagen.

Langsam fragte Lily sich, wer von ihnen beiden verrückt war und was sie überhaupt hier draußen wollte. Kendra zur Rede stellen? Was hätte sie davon? Nein, sie wollte einfach wissen, ob sie wirklich da gewesen war. Ob sie sich allen Ernstes im Dunkeln an Travis' Tür gestellt hatte, um ihn zu beobachten. Nach diesem Traum wusste Lily nicht mehr, was real war und was nicht, wer böse war und wer gut.

Wieder hielt sie inne, um zu lauschen. Wohin war Kendra gelaufen? Da, links von ihr! Lily hörte etwas, das verdächtig nach Schritten klang. Sie zwängte sich durch die Büsche, versuchte, möglichst leise zu sein, und hoffte, dass ihr aufgeregtes Atmen sie nicht verriet. Kendra musste ums Haus herumgelaufen sein, um zur Auffahrt zu gelangen. Aber genauso gut konnte sie auch noch irgendwo hier lauern, weil sie Lily gehört oder gesehen hatte. Langsam, ganz langsam pirschte Lily vorwärts. Die Zweige der Büsche schlugen ihr gegen die Beine, kleine Steinchen bohrten sich in ihre Fußsohlen und ihr Zeh schmerzte immer noch. War es das wirklich wert? Sollte sie nicht einfach wieder umdrehen und sich in Travis' Bett legen? Da wäre es wenigstens warm und kuschelig …

Sie hatte die Ecke des Hauses endlich erreicht und spähte herum, ihre Augen jagten hastig umher, versuchten, irgendetwas zu finden, woran sie sich festhalten konnten. Diese Seite des Hauses lag komplett im Dunkeln, es drang kein Licht aus einem der Fenster und auch der Schein des Mondes fand seinen Weg nicht hierher. Lily drückte sich an der Wand entlang um die Ecke – und stieß mit jemandem zusammen.

Sie kreischte vor Schreck laut auf, im selben Moment gab ihr Gegenüber ebenfalls einen entsetzten Laut von sich. Lily begann am ganzen Körper zu zittern. War das hier ihr Ende? Hatte Kendra ihr hier in der Dunkelheit aufgelauert, um ihr ein Messer in die Rippen zu rammen? Oder ihr ein mit Chloroform getränktes Tuch auf den Mund zu pressen und sie irgendwo hinzuschaffen?

»W... w... was willst du?«, stotterte Lily. Ihr Mund war trocken, sie hatte Mühe, überhaupt ein Wort herauszubekommen. Warum war sie nicht einfach in Travis' Zimmer geblieben? Warum irrte sie hier wie eine Geistesgestörte in einem fremden Garten herum?

»Lily?«, kam es überrascht aus der Dunkelheit zurück.

»Travis?«

»Was zum Teufel machst du hier draußen?«

Lilys Anspannung löste sich nur langsam, zu sehr saß ihr der Schrecken noch in den Gliedern. »Dasselbe könnte ich dich auch fragen. Deinetwegen habe ich beinahe einen Herzinfarkt bekommen!«

»Ich habe dich gesucht. Auf einmal warst du verschwunden«, sagte er. »Ich wollte nur kurz was zu trinken holen, und als ich wieder ins Zimmer kam, war das Bett leer.«

Lily tastete vorsichtig nach Travis' Hand und beschloss, sie nie wieder loszulassen. »Komm, wir gehen rein, ja?«, sagte sie.

Als sie zurück in seinem Zimmer waren, wickelte sich Lily in eine Wolldecke, um wieder warm zu werden. Obwohl sie nur kurz draußen gewesen war, hatte sie das Gefühl, komplett durchgefroren zu sein.

»So«, sagte Travis und stellte zwei dampfende Tassen mit Tee auf seinem Nachttisch ab. »Und jetzt erzählst du mir, was du da draußen zu suchen hattest.« Er setzte sich neben sie aufs Bett.

Lily überlegte, ob sie ihm die Wahrheit sagen konnte. Nicht, dass sie Travis misstraute – nein, die Frage war vielmehr, ob er ihr glauben würde, dass Kendra an seiner Verandatür gestanden und gegen die Scheibe geklopft hatte. Oder würde er Lily für verrückt erklären? Schließlich war sie mit ihren Warnungen und Theorien in Sachen Kendra die letzten zwei Tage nicht gerade auf offene Ohren bei ihren Freunden gestoßen. Ihre Beziehung zu Travis war noch so frisch, so zerbrechlich – das wollte sie nicht kaputt machen. Wenn sie weiter Dinge erzählte, für die es keine objektiven Beweise gab, würde er vielleicht irgendwann an ihr zu zweifeln beginnen.

»Ich dachte, ich hätte was gehört«, sagte sie schließlich. »Ich wollte nur mal nach dem Rechten sehen.«

»Meinst du, dass Einbrecher ums Haus geschlichen sind?«, fragte Travis mit leicht spöttischem Unterton.

»Keine Ahnung. Ich bin wohl eingeschlafen, und als ich aufgewacht bin, warst du nicht mehr da und ich hatte einfach Angst. Da hab ich vielleicht etwas überreagiert …«

Travis legte den Arm um Lily. »Jetzt ist dein Beschützer ja wieder hier. Du brauchst keine Angst mehr zu haben – bei mir bist du sicher.« Er lachte. »Und wenn dir jemand zu nahe kommt, hole ich mein Schwert aus dem Schrank und fordere ihn zum Duell!«

Lily lachte mit, doch in ihrem Inneren ging etwas anderes vor: Würde Travis sein imaginäres Schwert auch gegen ein Mädchen erheben? Würde er jemals verstehen, dass die größte Bedrohung für Lily derzeit von Kendra ausging – jenem Mädchen, das ungeniert mit Travis flirtete, wo es nur ging? Schmeichelte so ein Flirten nicht jedem Jungen? Lily war sich nicht sicher, wie weit Travis' Beschützerinstinkt wirklich gehen würde.

Doch bevor sie sich noch weitere Gedanken machen konnte, drückte Travis sie sanft runter aufs Bett und strich ihr über das Haar. Dabei sah er ihr mit einem so liebevollen Blick in die Augen, dass Lily gar nicht anders konnte, als ihn zu küssen. »Ich bin so froh, dich zu haben, mein tapferer Ritter«, flüsterte Lily. »Lass mich bitte nie mehr los.« Sie vergrub ihr Gesicht in Travis' Halskuhle und schloss die Augen, doch sosehr sie sich wünschte, es vergessen zu können – das Bild von Kendras Fratze vor dem Fenster hatte sich unwiderruflich in ihr Gedächtnis gebrannt.

6

Scheiße, Scheiße, Scheiße, ging es Lily durch den Kopf. Sie war schon viel zu knapp dran. Es war gestern spät geworden und sie hatte prompt heute Morgen verschlafen. Aber die Zeit mit Travis verging immer wie im Flug und so hatte sie vor lauter Zärtlichkeiten die Uhr aus dem Blick verloren. Travis wollte, dass sie bei ihm blieb, und beinahe hätte sie sich darauf eingelassen – doch als Lily sich das Donnerwetter ihrer Mutter vorgestellt hatte, war sie doch lieber nach Hause gefahren.

Es würde hoffentlich noch unendlich viele andere Gelegenheiten geben, bei Travis zu übernachten. Dann würde vielleicht auch mehr passieren ... Bei dem Gedanken daran lief Lily ein aufgeregtes Kribbeln über die nackten Arme, doch dann wurde ihr wieder bewusst, dass sie sich sputen musste, wenn sie noch einigermaßen pünktlich in der Schule sein wollte.

»Donna!« Lily hämmerte wie wild gegen die Badezimmertür. Wenn sich ihre zwei Jahre ältere Schwester dort verschanzt hatte, konnte es Stunden dauern, bis jemand reindurfte. »Mach auf, ich muss los!«

»Selbst schuld, wenn du so lange pennst«, gab sie zurück. »Ich brauch noch ein bisschen. Du kannst dich ja wohl auch in deinem Zimmer fertig machen.«

»Witzig«, gab Lily zurück. »Da gibt es aber kein Waschbecken und keine Toilette, falls ich dich daran erinnern darf. Jetzt mach auf. Bitte!«

Donna drehte den Schlüssel um und ließ Lily mit genervtem Blick ins Bad. »Fünf Minuten, dann bist du fertig, klar?«

Lily schloss wortlos die Tür und schnappte sich ihre Zahnbürste. Ihre Augen waren verquollen, fünf Stunden Schlaf waren wahrscheinlich wirklich zu wenig, wenn man in die Schule musste. Anschließend klatschte sie sich ein bisschen Wasser unter die Arme und ins Gesicht, Deo drauf, fertig. Diese Katzenwäsche musste heute ausreichen.

Sie flitzte aus dem Bad und rief nach ihrem Vater. »Dad, kannst du mich schnell zur Schule fahren? Ich hab den Bus verpasst.«

»Ja, aber beeil dich. Ich bin schon auf dem Sprung.«

Lily rannte in ihr Zimmer und sammelte ihre Klamotten vom Fußboden, dabei blieb ihr Blick an etwas unter ihrem Bett hängen. Sie kniete sich hin und streckte ihren Arm danach aus. War das etwa ... das Foto von Travis, das normalerweise unter ihrem Kopfkissen lag? Sie zog es hervor und tatsächlich – sie hielt das Bild in den Händen, das seit Kendras Besuch in ihrem Zimmer verschwunden war. Dann hatte sie es also doch nicht mitgenommen – und Lily musste zugeben, dass sie ihr unrecht getan hatte. Während sie sich langsam wieder aufrichtete, den Blick immer noch auf das Foto geheftet, fiel ihr ein, was Kendra gestern im Laden zu ihr gesagt hatte: »Sieh doch einfach mal unter deinem Bett nach.« Was sollte dieser Spruch? Hatte Kendra ihn einfach nur so gemacht? Oder hatte sie das Foto absichtlich unter das Bett geworfen? Aber aus welchem Grund?

»Lily, jetzt beeil dich!«, rief ihr Vater von unten. Lily strich das Foto glatt und legte es wieder unter ihr Kissen, wo es hingehörte. Dann schlüpfte sie in ihre Jeans, zog sich ihren Lieblingspulli über und schnappte sich ihre Tasche.

Lily betrat das Highschool-Gelände genau mit dem Klingeln, das den Unterrichtsbeginn einläutete. Es waren schon fast alle Schüler reingegangen, nur ein paar einzelne Gestalten lungerten noch draußen herum. Sie hastete zum Haupteingang und schlüpfte durch die Tür, als ihr einfiel, dass Algebra heute in irgendeinem anderen Klassenraum stattfinden sollte als sonst. Irgendeine Renovierung. Lily ging zur Informationstafel und suchte nach dem Hinweis für den neuen Klassenraum.

Na toll, dachte sie. *Ausgerechnet Raum 214.*

Ihrer Meinung nach war das das zweitgruseligste Klassenzimmer der Eerie High, denn hier hörte man oft Dinge von nebenan. Lily war schon so manche Gänsehaut über den Körper gewandert, wenn in Raum 213 Stühle gerückt wurden, obwohl niemand Unterricht dort hatte, wenn es an den Wänden kratzte und schabte, es einen lauten Knall gab oder wie von ferne ein unheimlicher Singsang zu hören war.

Bringt ja nichts, sagte sich Lily. Schwänzen würde sie die Stunde deswegen sicher nicht. Inzwischen war die Eingangshalle menschenleer, und sie musste sich wirklich beeilen, wenn sie nur einen kleinen und keinen großen Verweis wegen Zuspätkommens kassieren wollte. Also eilte sie die Treppen hoch, sah im ersten Stock zwei Lehrer die Türen ihrer Klassenzimmer hinter sich zuziehen und erreichte schließlich den zweiten Stock. Ihr Atem ging schwer, als sie auf Raum 214 zusteuerte. Das lag nicht nur daran, dass ihr beim schnellen Treppensteigen die Puste ausgegangen war, sondern auch daran, dass es ihr jedes Mal die Brust zuschnürte, wenn sie an Raum 213 vorbeimusste. In den vergangenen Monaten hatte dieses Gefühl zwar etwas nachgelassen, aber die letzten Tage war es in einer Intensität zurückgekommen, als wäre das alles gerade erst geschehen. Lily sah immer wieder die Schülerschar vor sich, die sich vor Raum 213 versammelt hatte, die betretenen Blicke und das Kopfschütteln. Sie stellte sich vor, was damals mit Seth geschehen war ... Hatte er leiden müssen? Hatte er Schmerzen gehabt, als er starb?

Lily musste sich beruhigen, gleich hatte sie ihren Klassenraum erreicht. Je näher sie Raum 213 kam, desto mehr glaubte sie, dass eine eisige Kälte von ihr Besitz ergriff und sie zu lähmen drohte.

Jetzt reiß dich zusammen, schalt sie sich. *Mit drei Schritten bist du an dieser Tür vorbei und dann* – Lily blieb wie paralysiert stehen.

Die Tür zu Raum 213 stand offen.

Und zwar so weit, dass es aussah, als wäre jemand wie selbstverständlich eingetreten und hätte vergessen, die Tür hinter sich zu schließen.

Lily hatte diese Tür noch nie offen stehen sehen.

Sie musste weitergehen, einfach nur ein paar Schritte weiter; hinter der nächsten Tür wäre sie in Sicherheit. Doch sie konnte nicht. Sie versuchte, einen Fuß zu bewegen, er schien am Boden festgefroren. Sofort wurde Lily von Panik erfasst. Was passierte jetzt? War das ihr Ende? Würde eine geheimnisvolle dunkle Macht sie in das Zimmer ziehen und sie quälen? So wie Seth gequält wurde?

Lily starrte auf die geöffnete Tür, dahinter verbarg sich nichts als Dunkelheit. Draußen war es eigentlich hell und sonnig, doch in Raum 213 war es Nacht. Pechschwarze, undurchdringliche Nacht. Böse Nacht.

Waren das Schattenhände, die aus der Tür herauswaberten und über Lilys Körper strichen?

Sie presste die Augen fest zusammen, wollte nichts mehr sehen, hoffte, dass die Tür wieder geschlossen war, wenn sie die Augen öffnete. Ein kalter Hauch glitt über ihre Füße, über ihre Beine und über ihren Oberkörper, bis er ihr Gesicht erreichte. Lily hörte ein lautes Schluchzen, das aus ihrer Kehle gedrungen sein musste, ohne dass sie sich dessen bewusst gewesen war.

Vorsichtig machte sie die Augen wieder auf, aber es hatte sich an dem Anblick nichts verändert. Doch zu der Dunkelheit, die aus dem Klassenzimmer zu strömen schien, gesellte sich jetzt noch ein Wimmern. Lily lauschte angestrengt und es gab keinen Zweifel: Es war das Wimmern eines Mädchens. Ein unaufhörliches Wimmern, unterbrochen von lauten Schluchzern.

Lily wusste nicht, was sie tun sollte. Saß wirklich jemand hinter der Tür oder war das irgendein billiger Trick? Sollte sie vielleicht nur glauben, dass jemand in dem Zimmer war, um so selbst hineingelockt zu werden?

Wenn ich die Zeit zurückdrehen könnte, dachte Lily. *Dann wäre ich heute Morgen pünktlich gewesen. Dann hätte ich ganz normal mit allen anderen Schülern zum Unterricht gehen können und würde hier nicht mutterseelenallein vor einem verfluchten Klassenzimmer stehen.*

Das Wimmern schien immer lauter zu werden, bohrte sich in Lilys Bewusstsein. Wer war das? Oder vielleicht auch: *Was* war das?

Lily wog die Möglichkeiten ab, die sie hatte. Sie konnte das Wimmern ignorieren und einfach nebenan in den Unterricht gehen, bevor es noch später wurde und sie noch mehr Ärger bekam. Die Sache würde sich sicher irgendwie aufklären.

Auf der anderen Seite wusste Lily aber genau, dass sie es sich kein zweites Mal verzeihen könnte, wenn sich etwas Schreckliches in Raum 213 zutrug, was sie unter Umständen hätte verhindern können. Die zweite Möglichkeit war somit, einfach mutig zu sein und nachzuschauen, was sich hinter der Tür verbarg. Zu sehen, ob dort wirklich ein Mädchen saß und weinte.

Aber was, wenn die eisigen Schattenhände nach ihr griffen und sie in den Raum zerrten? Was, wenn sie einen Schritt zu weit hineintrat und die Tür hinter ihr zufiel? Wenn sie für immer gefangen war und einen qualvollen Tod sterben musste? Sie hatte sich schon fast dazu durchgerungen, in den Unterricht zu gehen, als eine Stimme in ihrem Kopf zu schreien schien: *Und wenn jemand anders einen qualvollen Tod sterben muss? Willst du dafür verantwortlich sein?*

Scheiße, zischte sie sich selbst zu und fasste einen Entschluss.

Vorsichtig setzte sie einen Fuß vor den anderen, Zentimeter für Zentimeter bewegte sie sich auf die Tür von Raum 213 zu. *Bleib ganz ruhig,* ermahnte sie sich. *Es wird dir nichts passieren. Du kannst immer noch weglaufen, solange du keinen Fuß in dieses Klassenzimmer gesetzt hast.* Sie hatte die Tür fast erreicht. Wenn sie die Hand ausstreckte, könnte sie

sie weiter öffnen, aber wollte sie das? Würde sie das Grauen, das sich dahinter verbarg, wirklich in seiner ganzen Intensität sehen wollen? Nein. Jetzt war sie nur noch einen Atemzug von der Wahrheit entfernt. Wie in Zeitlupe streckte sie ihren Kopf vor und zuckte sofort wieder zurück. Nicht nur, dass ihr der eisige Hauch förmlich ins Gesicht schlug – sie konnte nicht glauben, was sie da eben gesehen hatte. Sie steckte ihren Kopf noch einmal durch die geöffnete Tür, ganz vorsichtig, und sah dort tatsächlich ein Mädchen sitzen. Es hatte ihr den Rücken zugewandt, doch Lily wusste auch so, wer es war: Kendra.

Riskierte Lily hier wirklich gerade ihr Leben für ihre Erzfeindin? Oder war das Bild, das Lily hier vor sich sah, lediglich eine Projektion? Eine Projektion ihres größten Angstgegners. War Kendra der Köder, der Lily in Raum 213 locken sollte? Kendras Schluchzen riss Lily aus ihren Gedanken. Das hatte sehr real geklungen.

»Kendra?«, sagte Lily, zumindest wollte sie das sagen, denn aus ihrem Mund kam nur ein Krächzen. Sie räusperte sich und versuchte es noch mal. »Kendra?« Diesmal kam es etwas lauter heraus und Kendra musste sie eigentlich gehört haben. Doch sie drehte sich nicht um, schluchzte nur weiter und wimmerte unverständliche Worte vor sich hin. »Brauchst du … Hilfe?« Lily würde in keinem Fall einen Fuß in das Zimmer setzen, so viel war klar.

Was war mit Kendra los? Wieso saß sie da am Tisch und wiegte ihren Oberkörper vor und zurück? War sie freiwillig hier oder hatte sie jemand hergebracht?

»Kendra«, versuchte es Lily erneut, und jetzt drehte sich Kendra langsam um. Lily schrie auf, als sie das Gesicht sah, es war zu einer hässlichen Fratze verzogen, die Augen aufgerissen und von schwarzer Wimperntusche verschmiert, die Tränen rannen über die eingefallenen Wangen, aus dem Mund lief Speichel. »Du ...«, zischte die Fratze mit dunkler Stimme, von der Lily nicht sagen konnte, ob sie wirklich zu Kendra gehörte. »Du kannst mir nicht helfen. Du hast alles kaputt gemacht.« Dann drehte sie sich um, und es war wieder das mädchenhafte Wimmern zu hören, das viel mehr nach Kendra klang.

Als wäre der Teufel in sie gefahren, ging es Lily durch den Kopf.

Sie stand einfach nur da, zu keinem klaren Gedanken fähig. Sie konnte nicht länger hier stehen bleiben, sie musste weg, musste sich von diesem Raum losreißen und endlich in ihren Unterrichtsraum gehen.

Ein letztes Mal sah sie zu Kendra oder dem, was da Besitz ergriffen hatte von Kendras Körper.

»Ich gehe jetzt«, sagte sie zögernd. »Und wenn ich du wäre, würde ich zusehen, dass ich da rauskomme«, fügte sie hinzu.

Dann lehnte sie die Tür an, drehte sich um und war mit fünf schnellen Schritten vor ihrem eigentlichen Klassenzimmer. Noch einmal warf sie einen Blick auf die offen stehende Tür, ein letztes Mal überlegte sie, ob sie Kendra da irgendwie rausholen sollte. Dann schlich sich etwas Kleines, Böses in Lilys Kopf. *Eigentlich bin ich froh, wenn ich vor ihr Ruhe habe. Soll sie doch sehen, wie sie da rauskommt. Mehr als meine Hilfe anbieten kann ich nicht und mein eigenes Leben aufs Spiel setzen werde ich mit Sicherheit nicht.* Für Travis hätte sie das getan oder für Ava oder damals für Seth. Aber bestimmt nicht für Kendra.

Lily drückte die Klinke hinunter und betrat das Klassenzimmer. Ihre Mitschüler saßen über irgendwelche Aufgaben gebeugt, während Mrs Higgs ihr einen vernichtenden Blick zuwarf. Möglichst unauffällig schob Lily sich durch die Reihen und ließ sich auf ihren Platz neben Ava fallen. Genau in diesem Moment schlug eine Tür zu.

7

Lily hielt beim Auspacken ihrer Tasche inne. Sie versuchte, sich auf die Geräusche im Flur zu konzentrieren. Waren dort Schritte? Doch sosehr sie sich anstrengte – sie hörte nichts. Gar nichts. Das musste bedeuten ... nein. *Nein, nein, nein,* hämmerte es in ihrem Kopf. Das war dann wohl die Tür gewesen, die gerade noch offen gestanden hatte. Die Tür, durch die Lily nicht gegangen war, um jemandem zu helfen. Die Tür, hinter der jetzt ein Mädchen saß und vielleicht bald sterben würde.

Ihre Hände fingen an zu schwitzen und der Block glitt ihr aus den Fingern. Sie bückte sich danach und legte ihn auf den Tisch, kramte nervös nach einem Stift, um die Aufgabe von der Tafel abzuschreiben. Dabei fiel ihr ganzes Federmäppchen runter und entleerte sich auf den Boden.

»Was ist denn los mit dir?«, zischte Ava neben ihr. »Schlecht geschlafen, oder was?«

Lily schüttelte den Kopf. Wenn es nur das gewesen wäre. Sie ärgerte sich, dass sie gestern nicht früher abgehauen oder gleich bei Travis geblieben war, dann wäre sie heute Morgen sicher nicht so knapp dran gewesen und hätte zusammen mit den anderen ins Klassenzimmer trotten können, anstatt allein vor der geöffneten Tür zu Raum 213 zu stehen. Diese Tür hatte noch nie offen gestanden, zumindest hatte Lily es noch nie gesehen, wieso ausgerechnet heute?

»Was ist denn dann?«, versuchte es Ava erneut.

»Gar nichts«, zischte Lily zurück und erschrak selbst über die Schärfe in ihrer Stimme. Sie hielt ihren Blick auf ihr leeres Blatt gerichtet, um nicht noch einmal Mrs Higgs' Aufmerksamkeit zu erregen.

Ava wandte sich beleidigt ihrem Geschriebenen zu und rechnete eifrig weiter.

»Sorry«, flüsterte Lily. »War nicht so gemeint. Ist irgendwie nicht mein Tag heute.«

»Ruhe dahinten!«, rief Mrs Higgs. »Erst zu spät kommen und dann auch noch quatschen – gleich gibt es einen Verweis für dich, Lily.« Lily ließ sich tiefer in ihren Stuhl sinken und hoffte, dass sie sich hinter Chris verstecken konnte und von Mrs Higgs' bohrendem Blick verschont blieb.

»Pst«, machte sie in Avas Richtung. »Stand heute Morgen die Tür zu Raum 213 offen, als du gekommen bist?«

Ava sah sie misstrauisch an. »Nein, wieso?«

»Ach, so halt. Kam mir gerade in den Sinn.« Panik machte sich in Lily breit und ließ sich nicht mehr zurückdrängen. Sie konnte sich nicht auf diese Aufgaben hier konzentrieren, sie konnte nicht seelenruhig hier sitzen, ohne zu wissen, ob da wirklich die Tür zu Raum 213 zugeschlagen war. Oh Gott – bildete sie sich das ein oder hörte sie jetzt ein Scharren an der Wand zu Raum 213? Da, schon wieder. Vielleicht war es auch ein Klopfen, so richtig konnte Lily es nicht deuten. »Hörst du das?«, fragte Lily Ava.

»Dieses Scharren? Ja, was ist das? Brrr, da schüttelt's mich.«

Ja, Lily hätte auch gern gewusst, was das war. Sie hob die

Hand und Mrs Higgs rief sie genervt auf. »Was ist denn, Lily? Ihr sollt an euren Aufgaben arbeiten. Wie weit bist du?«

»Ich müsste mal dringend auf die Toilette, darf ich schnell gehen?«

Mrs Higgs lachte spöttisch auf. »Lily, ich bitte dich. Du bist kein Grundschüler mehr – bis zum Ende der Stunde wirst du es wohl noch aushalten. Außerdem bist du noch keine fünf Minuten hier …«

Lilys Stimme drohte zu kippen. »Bitte«, krächzte sie hervor. »Es ist wirklich dringend.«

Durch ihre große Brille sah Mrs Higgs Lily mit prüfendem Blick an. »Aber beeil dich. Und die Aufgaben, die du heute nicht schaffst, holst du zu Hause nach.«

Ava sah Lily fragend an. Die sprang jedoch nur hastig auf und rannte zur Tür. »Danke, bin sofort wieder da.«

Sie schlug die Tür hinter sich zu und lehnte sich von außen dagegen, ihr Herz raste. Sie kniff die Augen zusammen, weigerte sich, ihren Kopf nach links zu wenden, wollte nicht sehen, was sie instinktiv schon wusste: dass die Tür zu Raum 213 geschlossen war. Langsam öffnete sie die Augen wieder und ließ ihren Blick nach links wandern. Mist.

Vorsichtig ging sie auf das verfluchte Klassenzimmer zu, streckte zögernd die Hand aus und drückte die Klinke. Sie hatte Angst, dass ein Stromschlag durch ihren Körper fahren oder sonst irgendetwas Unheimliches geschehen könnte, aber es fühlte sich an wie jede andere Klinke in der Schule auch. Lily drückte sie ein paarmal runter, erst langsam, dann immer schneller – doch es tat sich nichts. »Kendra?«, rief sie. »Bist du da drinnen?« Nichts. »Hörst du mich?« Sie durfte nicht zu laut rufen, denn sie wollte niemanden auf sich aufmerksam machen. Sie drückte ihr Ohr an die Tür, doch es war totenstill. Auch das Scharren und Klopfen war verstummt. Wütend schlug Lily gegen die Wand und ging wieder zurück in ihr eigenes Klassenzimmer. Sosehr sie Kendra auch hasste – in Raum 213 eingesperrt zu werden, hatte niemand verdient. Andererseits – wer so doof war, freiwillig dort hineinzugehen, war auch ein bisschen selbst schuld.

Lily überlegte kurz, ob sie Ava einweihen sollte, entschied sich dann aber dagegen. Am Ende träte sie damit irgendeine Lawine los oder stünde selbst als Verdächtige da – das wollte sie in keinem Fall riskieren. *Erst mal die Pause abwarten,* dachte sie. *Vielleicht taucht Kendra da ganz von allein wieder auf.*

Als es nach der Doppelstunde Algebra und einer Doppelstunde Geschichte in Raum 214 zur Pause klingelte und Lily zusammen mit Ava das Klassenzimmer verließ, blieb ihr Blick automatisch wieder an der verschlossenen Tür zu Raum 213 hängen.

War Kendra wirklich darin gefangen? Oder war sie am Ende vielleicht entwischt, bevor die Tür zugegangen war?

An diese Möglichkeit hatte Lily in ihrer Panik vorhin gar nicht gedacht, aber sie konnte sich durchaus vorstellen, dass Kendra sie mit ihrem Anblick in Raum 213 einfach nur schocken wollte und dann abgehauen war.

Aber wie hatte Kendra es geschafft, sich Zugang zu Raum 213 zu verschaffen, der normalerweise immer abgeschlossen war?

»Was starrst du denn die ganze Zeit auf diese Tür?«, fragte Ava und riss Lily damit aus ihren Gedanken. »Normalerweise machst du doch einen großen Bogen um unser Lieblingsklassenzimmer.«

»Ach, nur so«, sagte Lily und suchte nach einer Ausrede. »Manchmal überkommt mich die Erinnerung an den schlimmen Morgen damals ...« *Gar nicht mal so unwahr,* dachte sie im Stillen. Sie hoffte, irgendwann einmal zu erfahren, was Seth wirklich zugestoßen war, doch sie bezweifelte, dass das jemals ans Licht kommen würde.

»Und heute Morgen ... stand da die Tür offen, als du zu spät gekommen bist, oder was?«, erkundigte sich Ava.

Lily fühlte sich ertappt. »Nein, wieso?«

»Na, weil du mich vorhin gefragt hast, ob sie bei mir offen stand ...« Ava blieb mitten auf der Treppe stehen, was ein paar Rempler von rechts und links zur Folge hatte. Lily zog sie weiter und hoffte, das Gespräch auf ein anderes Thema lenken zu können. »Nein, ich dachte nur für einen kurzen Moment, sie wäre offen – war sie aber nicht. Worauf hast du mehr Lust, Mensa oder Cafeteria?«

Sie hatten das Erdgeschoss erreicht, wo sich schon zahlreiche andere Schüler sowohl vor der Mensa als auch vor der Cafeteria versammelt hatten. Der Lärm war ohrenbetäubend, die Mädchen kicherten und kreischten, als wäre irgendein Popstar zu Besuch, und die Jungs grölten oder pöbelten rum.

Suchend sah Lily sich nach Travis um. Nach dem gestrigen Abend hatte sie ihn noch nicht wieder gesehen, aber beim Gedanken an ihn beschleunigte sich ihr Puls. Sie wusste, dass Travis der Richtige für sie war, und sie würde ihn um keinen Preis der Welt wieder hergeben.

»Also ich hab mich mit Kendra vor der Cafeteria verabredet. Komm doch mit, wenn du magst.«

Lilys Herz sank. Einerseits spürte sie wieder das unangenehme Gefühl des Ausgeschlossenseins, das sich in den letzten Tagen häufiger in ihr breitgemacht hatte, wenn Ava etwas mit Kendra unternahm. Inzwischen schien es ja fast so zu sein, dass Avas erste Mittagspausenwahl nicht mehr auf Lily, sondern auf Kendra fiel. Auf der anderen Seite hatte Lily Angst davor, was passieren würde, wenn Kendra nicht zum verabredeten Treffpunkt kam. Würde Ava misstrauisch werden? Aber wie sollte sie darauf kommen, dass Lily etwas mit Kendras Verschwinden zu tun haben könnte? Ganz abgesehen davon, dass sie ja gar nichts mit dem Verschwinden zu tun hatte.

Sie beschloss, es darauf ankommen zu lassen. Vielleicht tauchte Kendra ja auf und die ganze Sache wäre gegessen. Außerdem würde es ihr und ihrer Freundschaft zu Ava guttun, wenigstens für ein paar Minuten ungestört zu sein.

»Ja, warum nicht«, sagte sie zu Ava. »Ich warte hier mit dir. Vielleicht kommt Travis ja auch noch.«

»Apropos!«, rief Ava überschwänglich und legte einen Arm um Lily. »Wie läuft's denn?«

Lily konnte nicht verhindern, dass sich ein dämliches breites Grinsen auf ihr Gesicht stahl, das Ava nicht lange deuten musste. »Habt ihr etwa endlich …?«

»Nein, das nicht«, sagte Lily und führte Ava in eine Ecke, wo es etwas ruhiger war. »Aber wir hatten gestern einen superschönen Abend. Haben stundenlang Musik gehört und lagen auf dem Bett rum und haben gekuschelt. Ich bin echt bis über beide Ohren verknallt.«

Ava klatschte begeistert in die Hände. »Oh Mann, das freut mich so. Ich wünschte, ich würde auch endlich mal meinem Traummann begegnen.« Wie auf Kommando kam

Ian vorbeigeschlendert, ein merkwürdiger Typ, der es bei allen Mädchen versuchte, und schenkte Ava sein wahrscheinlich schönstes Lächeln.

»Na, wie wär's?«, witzelte Lily, woraufhin Ava ihr den Ellenbogen in die Seite stieß.

»Sehr witzig, danke! Dann bleibe ich doch lieber Single. Vielleicht muss ich noch ein bisschen Nachhilfe in Sachen Flirten bei dir nehmen.«

Lily fühlte sich unbeschwert und froh wie lange nicht mehr. Es war so schön, einfach mal wieder mit der besten Freundin herumzualbern, ohne dass sie jemand störte. Sie beschloss, Kendra wenigstens für ein Weilchen aus ihrem Gedächtnis zu streichen und die Zeit mit Ava zu genießen. Um Kendra konnte sie sich auch später noch kümmern.

»Wollen wir uns vielleicht schon mal einen Platz suchen?«, fragte Lily im Überschwang. »Sonst ist die Pause vorbei, bis Kendra da ist.«

»Ja, klar. Sie wird ja wissen, dass wir reingegangen sind.« Ava sah sich ein letztes Mal suchend um und hakte sich dann bei Lily unter. Die spürte ein wohliges Kribbeln, das ihr fast ein wenig Angst machte. Nein, sie hatte sich nichts vorzuwerfen. Sie hatte Kendra gefragt, ob sie ihr helfen könne, und außerdem war gar nicht klar, dass sie sich wirklich noch in Raum 213 befand.

Als sie die Cafeteria betraten, entdeckten sie Travis und Jonah, die sich über irgendetwas köstlich zu amüsieren schienen und sich gerade abklatschten.

»Oh, die Sonne geht auf«, sagte Ava und steuerte gleich auf die Jungs zu. »Na, was geht?«

»Ach, wir besprechen gerade die Abendplanung«, sagte Travis und sah Lily mit einem breiten Grinsen an.

»Aha, und was habt ihr so vor?«, fragte Lily. Sie hätte nichts gegen eine Wiederholung des gestrigen Abends gehabt – ohne die gruselige Kendra-Einlage natürlich.

»Wir wollen in ein Konzert«, sagte Jonah, und für den Bruchteil einer Sekunde machte sich Enttäuschung in Lily breit. »*Scarab* spielt doch heute.«

»Was?«, kreischte Lily. »Das Konzert ist doch seit Wochen ausverkauft! Habt ihr etwa noch Karten bekommen?«

Jonah und Travis tauschten einen bedeutungsvollen Blick. »Tja …«, sagte Jonah.

»Tja …«, echote Travis.

»Na los, jetzt sagt schon«, drängte Ava, die genau wie Lily ein riesengroßer Fan der Band war.

»Was kriegen wir für die Info?«, fragte Jonah.

»Was ihr wollt, keine Ahnung – einen Kuss, einen Drink, ein Alibi …«

Jonah schürzte seine Lippen und streckte seinen Kopf vor. Ava gab ihm einen schnellen Kuss, und Lily glaubte, Jonah rot anlaufen zu sehen. Vielleicht musste Ava gar nicht in die Ferne schweifen auf ihrer Suche nach einem Freund? Sie grinste in sich hinein und gab Travis ebenfalls einen Kuss.

»Aaaaalso«, begann Travis, und Lily stieß ihn ungeduldig in die Seite. »Paul hatte zwei Karten und kann irgendwie nicht. Warum auch immer. Jedenfalls hat er sie mir verkauft.«

»Das ist ja genial«, kreischte Ava. »Aber ein bisschen neidisch bin ich schon, muss ich zugeben. Ich wäre soooo gerne mitgegangen.«

»Vielleicht kannst du das ja?«, sagte Jonah. »Denn meine Schwester hat zwei Karten gewonnen und meint, sie könnte sich Schöneres vorstellen, als sich vier schwitzende Jungs aus Colorado anzusehen. Versteh einer die Welt. Also, wenn ihr Lust habt …«

»Wie geil ist das denn?«, schrie Lily und zerrte Travis, Ava und Jonah zu einer Gruppenumarmung zusammen. »Heißt das, wir können alle zusammen hingehen?«

»Logisch!«, sagte Travis. »Die vier größten *Scarab*-Fans auf diesem Planeten dürfen doch nicht das Konzert des Jahres verpassen.«

Lily löste sich aus der Umarmung. »Leute, das wird ein richtig cooler Abend. Hatten wir viel zu lange nicht.« Sie fühlte sich federleicht, das Leben konnte so wunderbar sein. Das würde *ihr* Abend werden, *ihre* Nacht, sie spürte die Luft förmlich vibrieren vor Aufregung. »Darauf sollten wir anstoßen! Wie wär's, wenn ich uns vier Cola hole?«

»Ach, du bist süß«, sagte Travis und legte den Arm um Lilys Schultern. »Aber ich wäre dafür, dass wir heute Abend anstoßen. Dann allerdings *richtig*.«

»Ist mir auch recht«, antwortete Lily, umschlang Travis mit beiden Armen und küsste ihn. Sie schloss die Augen und seine weichen Lippen ließen sie alles um sich herum vergessen – bis Jonah sie mit einem lauten Räuspern in die Realität zurückholte. »Könnt ihr nicht zu Hause rumknutschen?«, witzelte er.

Travis umschlang Lily noch fester und gab ihr einen weiteren langen Kuss. Dann sah er Jonah herausfordernd an. »Nein, können wir nicht.«

Lily war überglücklich. Noch nie hatte ein Junge sie in der Öffentlichkeit geküsst – zumindest nicht, ohne hinterher peinlich berührt rumzustehen und Lily das Gefühl zu geben, er würde sich für sie schämen.

Doch was dann folgte, versetzte ihr einen solchen Stich, dass sie glaubte, ihr Körper würde sich jeden Moment vor Schmerz zusammenkrümmen.

Ava blickte begeistert in die Runde. »Hey, und gibt's vielleicht auch noch eine Karte für Kendra?«

8

Lily hatte keine Lust, sich von der Frage nach einer Karte für Kendra die Laune verderben zu lassen, und beschloss, das einfach zu vergessen. Da es sowieso keine Karten mehr gab, war das Thema abgehakt und Lily würde einen schönen, unbeschwerten Abend mit ihrer besten Freundin, ihrem Freund und dessen Kumpel verbringen.

Sie hatte mit Ava ausgemacht, dass die nach der Schule mit zu Lily kam, denn ihre Eltern waren für ein paar Tage nach Seattle gefahren, und das bedeutete: sturmfrei!

Nachdem der Bus sie abgesetzt hatte, gingen sie die Auffahrt zu Lilys Haus hoch.

»Du musst mir unbedingt ein paar Klamotten leihen«, sagte Ava. »Ich hab jetzt ja gar nichts mit. Wer konnte denn ahnen, dass wir heute noch so ein Glück haben würden!« Sie legte den Arm um Lily und zog sie an sich.

»Logisch, wenn du willst, kannst du meinen ganzen Kleiderschrank durchsuchen.« Sie zog ihren Hausschlüssel aus der Tasche und öffnete die Tür. »Ich hoffe nur, dass Donna nicht da ist. Sonst spielt sie wieder den Babysitter und geht uns auf die Nerven.«

Ava kicherte. »Am Ende kommt sie noch als unsere Aufpasserin mit zum Konzert.«

»Nee, das ist, glaub ich, nicht so ihre Musik. Aber wissen

kann man es nie.« Lily ging vor in ihr Zimmer und warf ihre Jacke aufs Bett. Dann ging sie wieder in den Flur und rief: »Donna, bist du da?« Sie lauschte, ob ein verdächtiges Geräusch zu hören war, doch es war totenstill. »Ava«, rief Lily dann in Richtung ihres Zimmers. »Leg schon mal das neue Album von *Scarab* ein. Ich hol uns was zu trinken!«

Kurz darauf ertönte *Against the sun* in ohrenbetäubender Lautstärke durch das Haus, und Lily spürte, wie sie von einem Glücksgefühl überwältigt wurde.

Als sie mit zwei Gläsern Sekt in ihr Zimmer kam, hatte Ava schon sämtliche Sachen aus Lilys Schrank gezerrt und auf dem Fußboden verteilt. Sie war total überdreht, tanzte vor dem Spiegel rum und hielt sich ein Teil nach dem anderen vor den Körper. »Wie wäre es damit?«, rief sie über die Musik hinweg. Sie hielt eines von Lilys Lieblingsshirts hoch, schwarz mit einem Totenkopf aus silbernen Pailletten. Lily nickte begeistert und reichte ihr ein Glas Sekt. »Auf einen genialen Abend!«, sagte sie und ließ ihr Glas gegen Avas klimpern.

»Auf uns«, rief Ava und drückte Lily einen überschwänglichen Knutscher auf die Wange.

Lily stellte ihr Glas ab und begann ebenfalls, verschiedene Sachen aus dem von Ava aufgetürmten Klamottenberg herauszuziehen. Eine gefühlte Ewigkeit und zwanzig Outfits später waren die beiden geschminkt, gestylt und startklar. Dieser Abend würde in die Geschichte eingehen, da war sich Lily sicher.

Als die beiden an der alten Fabrikhalle ankamen, in der *Scarab* heute Abend spielte, tummelten sich bereits Hunderte Fans auf dem Vorplatz. Die Einlassschlange war ewig lang, und wenn sie in die Halle wollten, mussten sie sich wohl oder übel hinten anstellen. Lily stellte sich auf die Zehenspitzen, um zu sehen, ob Travis und Jonah schon da waren, doch sie konnte sie nicht entdecken.

»Na, hoffentlich schaffen wir es noch rechtzeitig rein«, sagte Ava mürrisch, woraufhin Lily ihr den Arm um die Schultern legte und erwiderte: »Du glaubst doch wohl nicht, dass die ohne uns anfangen zu spielen!«

Avas Miene hellte sich wieder auf. »Stimmt, da hast du natürlich recht. Wo bleiben denn die Jungs?«

Wie auf Kommando hörten sie plötzlich einen lauten Pfiff. Lily konnte nicht richtig einordnen, woher das Geräusch kam, doch Ava war schon aus der Schlange getreten und blickte mit zusammengekniffenen Augen Richtung Eingang. »Hey, da vorne steht Jonah! Lass uns mal hingehen.«

Jonah stand mit weit ausgebreiteten Armen neben der Tür. »Wenn wir Jungs etwas mit euch zwei Hübschen planen, dann sorgen wir natürlich dafür, dass ihr nicht in der Kälte stehen und warten müsst. Hereinspaziert, hereinspaziert, Travis wartet auch schon.« Er zeigte dem Türsteher die beiden Karten für Lily und Ava, nahm dann Ava an die Hand, als wäre es das Selbstverständlichste der Welt, und zog sie ins Getümmel. Lily hatte Mühe, nicht den Anschluss zu verlieren, und hielt sich an Avas Jackenärmel fest. Die ganze Halle war in blau-violettes Licht getaucht, es gab eine Bar, um die sich die Leute drängten, und auf der Bühne richteten irgendwelche Helfer die Mikrofone für die Vorband ein.

»Ich hol uns was zu trinken, oder?«, fragte Ava, und Jonah sagte schnell: »Ich begleite dich!« Lily musste in sich hineingrinsen. Hatte da wirklich jemand ein Auge auf ihre beste

Freundin geworfen? Manchmal musste man nur aufmerksam durchs Leben gehen, um das wahre Glück zu finden. Sie sah sich ein wenig um; viele Leute, die hier waren, kannte sie von der Eerie High, aber es hatten sich auch ein paar Ältere hierher verirrt. Sie schwärmte ein kleines bisschen für Dean, den Sänger der Band, der zwar bestimmt fünfzehn Jahre älter war als sie selbst, aber einfach unverschämt gut aussah. Gegen Travis hatte er natürlich nicht den Hauch einer Chance. Über die Köpfe der anderen hinweg erspähte Lily ihren Freund, der relativ dicht an der Bühne stand und sich gerade mit Jake, einem Typen aus seinem Baseballteam, unterhielt. Als Travis Lily entdeckte, fing er an, breit zu grinsen. Sie bahnte sich ihren Weg, und als sie ihn erreicht hatte, ließ sie ihre Hand in seine schlüpfen, ohne dass Jake etwas davon mitbekam. Travis wechselte noch ein paar belanglose Worte mit ihm, dann verschwand er wieder in der Menge.

Travis zog Lily ganz dicht zu sich heran und küsste sie. »Ich sag's dir, wenn Jake jetzt noch länger hier rumgestanden hätte, hätte ich für nichts garantieren können.« Er küsste sie noch einmal.

»Was meinst du?«, fragte Lily scheinheilig.

»Dann hätte ich leider auf der Stelle über dich herfallen und dich auffressen müssen. Du siehst einfach sooo schön aus heute Abend.«

Lily spürte, dass sie vor Verlegenheit ein bisschen rot wurde. »Du siehst aber auch nicht schlecht aus. Falls einer von der Band krank sein sollte, könntest du einspringen und niemand würde es merken.«

Travis lachte auf. »Ja, außer wenn ich anfangen würde zu singen. Das würde dir wohl gefallen, was?«

Kurz darauf kamen Ava und Jonah zurück – mit einer Cola für jeden. Lily wünschte, sie wären älter – dann hätten sie jetzt stilecht mit Alkohol anstoßen können.

»Auf ein hammermäßiges Konzert, Leute!«, rief Ava.

»Auf die Freundschaft!«, rief Lily.

»Auf die Mädels«, riefen Travis und Jonah im Chor.

Kurz darauf betrat die Vorband die Bühne und begann zu spielen. Es war eine lokale Band aus Eerie, ein paar Jungs, die Lily vom Sehen kannte.

Gar nicht mal so schlecht, die Musik, dachte sie und wippte mit.

Langsam füllte sich der Platz vor der Bühne und die Leute drängten nach vorne.

»Hey, guck dir mal den süßen Drummer an«, flüsterte Ava Lily ins Ohr. »Der wär doch was für mich, oder?«

»Ich habe eher das Gefühl, Jonah könnte was für dich sein, oder?«

»Meinst du? Ich weiß nicht, wir kennen uns doch eigentlich schon so lange.«

»Manchmal dauert es eben ein bisschen, bis man den wahren Wert eines Menschen erkennt.« Lily grinste.

»Seit wann bist du denn so philosophisch, wenn ich fragen darf?«

»Tja, ich bin halt immer für eine Überraschung gut.«

Jonah streckte seinen Kopf zwischen Avas und Lilys. »Darf ich fragen, was es hier so Dringendes zu bereden gibt? Ihr sollt euch auf die Musik da vorne konzentrieren und nicht rumquatschen.« Er legte einen Arm um Lily und den anderen um Ava. Lily befreite sich sofort wieder aus seiner Umarmung und erwiderte: »Wir haben lediglich besprochen, dass wir noch mal aufs Klo gehen, bevor *Scarab* anfängt. Du weißt doch, da können Mädchen immer nur zu zweit hin.«

»Ja, es wird mir auch immer ein Rätsel bleiben, warum das so ist.«

»Hier, halt mal«, sagte Ava und drückte ihm ihre Cola in die Hand. »Wir sind gleich zurück.«

Lily gab ihre Cola Travis und dann schob sie sich mit Ava bis zu den Toiletten durch. Die Wartenden standen bis in den dunklen Vorraum hinein, doch Lily hatte schon längere Schlangen gesehen.

Als sie es endlich in eine der bekritzelten Kabinen geschafft hatte, wühlte sie erst mal in ihrer Tasche rum. Einerseits war das ein Tick von ihr – sie musste sich permanent versichern, dass Portemonnaie, Schlüssel und Handy noch da waren –, andererseits wollte sie sichergehen, dass sie genug Akku hatte, um während des Konzerts ein bisschen zu filmen. Als sie ihr Telefon in der Hand hielt, sah sie, dass sie eine Nachricht bekommen hatte. Vielleicht von Travis? Der machte manchmal solche Scherze, schrieb ihr, auch wenn sie nur ein paar Meter von ihm weg saß. Doch die Nummer des Absenders sagte Lily nichts. Sie öffnete die Nachricht, die nur aus vier Worten bestand: *Hol mich hier raus.*

Lily spürte, wie die Übelkeit in ihr aufstieg, ihr Körper begann zu schwanken, und sie musste sich an der Toilettenwand abstützen, um nicht umzukippen.

Zu der Nachricht gehörte auch noch ein Video. Sollte sie es sich überhaupt ansehen und sich damit den Abend versauen? Denn nach diesen vier Worten wusste sie natürlich sofort, von wem die Nachricht stammte. Wie hatte sie so naiv sein können zu glauben, dass sie heute einen unbeschwerten Abend mit ihren Freunden verbringen würde? Ihr hätte klar sein müssen, dass sich das Thema Kendra nicht einfach so verdrängen ließ und dass es sie irgendwann wieder einholen würde. Aber warum musste es schon jetzt sein? Morgen früh in der Schule hätte doch gereicht.

Noch immer wusste Lily nicht, ob Kendra wirklich in Raum 213 eingesperrt war oder ob es sich um irgendeinen billigen Trick handelte. Aber wenn es stimmte – war dann wirklich Lily schuld daran? Aber sie hatte doch gar nichts getan … Und das war wahrscheinlich genau der springende Punkt. Lily hatte zwar nicht dafür gesorgt, dass Kendra den Raum betrat, aber sie hatte eben auch nichts getan, um sie dort wieder herauszuholen. Lily begann, am ganzen Körper zu zittern. Was war das für ein abartiger Albtraum, in den sie hier geraten war? Warum um alles in der Welt quälte Kendra sie so? Sie drückte hastig auf das Videosymbol und wünschte sofort, sie hätte es nicht gemacht.

Es war relativ dunkel und Lily konnte nur unscharf etwas erkennen, die Kamera wackelte und schwenkte einmal im Kreis herum. Lily war noch nie in Raum 213 gewesen, hatte nur einmal ihren Kopf durch die Tür gesteckt, und zwar heute Morgen, aber sie ging davon aus, dass das hier das Klassenzimmer des Grauens war. Es wirkte recht karg und war eigentlich eingerichtet wie jedes normale andere Zimmer an der Eerie auch.

Die Kamera hielt auf ein Gesicht, Lily konnte es erst nicht erkennen, obwohl sie wusste, zu wem es gehörte. Es war zu einer Fratze verzogen, bleich, unter den Augen lagen tiefe Schatten. Der ganze Bildschirm war nur von dem Gesicht ausgefüllt, das von den feuerroten Haaren umrahmt wurde. Je länger Lily draufstarrte, desto mehr hatte sie das Gefühl, diese Haare würden züngeln wie echte Flammen und nach ihr greifen. *Sieh nicht hin,* ermahnte sie sich selbst. *Mach das aus.*

Kendras Mund bewegte sich pausenlos, murmelte irgendetwas vor sich hin, doch sosehr Lily auch ihr Ohr an den Hörer presste – sie verstand nichts, es war zusammenhangsloses Gebrabbel wie von einer Irren in einem Horrorfilm. Irgendwann brach das Video einfach ab, Kendras Fratze als Standbild für die Ewigkeit gebannt. Lily löschte die Nachricht sofort und atmete schwer. Die Gedanken in ihrem Kopf fuhren Achterbahn, sie wusste nicht, was sie jetzt tun sollte.

»Lily, alles klar?« Ava klopfte von außen an die Tür. »Bist ja schon eine Ewigkeit da drin!«

»Ja, kleinen Moment noch!«, rief Lily betont fröhlich zurück und ging noch schnell aufs Klo.

Als sie aus der Kabinentür trat, konnte sie Ava kaum in die Augen sehen. »Was ist denn mit dir los, du bist ja total bleich!«

»Ach, keine Ahnung, wahrscheinlich die Aufregung, weil's gleich losgeht«, antwortete sie matt und wusch sich die Hände.

Sie bahnten sich ihren Weg zurück und fanden Jonah und Travis nur mit Mühe, inzwischen standen die Leute dicht gedrängt und signalisierten durch rhythmisches Geklatsche, dass es endlich losgehen sollte. Lily konnte sich auf nichts mehr konzentrieren, ihre Gedanken kreisten nur noch um Kendra. Sollte sie die Polizei anrufen und zur Eerie High schicken? Sollte sie den anderen von dem Video erzählen? Scheiße, sie konnte doch nicht einen anderen Menschen irgendwo verrecken lassen!

Die Entscheidung wurde Lily abgenommen, als Travis

sein Handy hervorholte, um die klatschende Menge zu fotografieren. Sie sah aus dem Augenwinkel, dass er eine Nachricht bekommen hatte, die er anklickte. Lily schielte über seine Schulter und sah, dass es dasselbe Video war, das sie ebenfalls erhalten hatte. Nur der Text war ein anderer: *Hilfe, Lily hat mich eingesperrt. Hol mich hier raus!*

9

Die nächsten Sekunden kamen Lily wie Stunden vor. Was dachte Travis? Wann würde er von seinem Handy aufsehen und Lily vorwurfsvoll in die Augen blicken? Wie in Zeitlupe wandte er seinen Kopf. Lily fühlte sich wie in einem schlechten Film, sie standen in einer Menge von klatschenden Leuten, doch es war, als hätte sich eine Blase um sie herum gelegt, die die Zeit stillstehen ließ und sie von allem abschottete – dem Gejohle, dem Geklatsche, der aufgeheizten Atmosphäre.

»Stimmt das?«, fragte er mit heiserer Stimme, und Lily konnte nichts darauf erwidern. Sie spürte, wie ihre Augen sich mit Tränen füllten, sie machte einen Schritt auf Travis zu und fiel ihm um den Hals. Sie weinte in sein T-Shirt und hinterließ dort einen nassen Fleck, doch Travis versteifte sich und erwiderte ihre Umarmung nicht. Stattdessen schob er sie von sich und sah sie prüfend an. Lily wusste nicht, woran sie es festmachte, aber ihr war klar, dass er ihr nicht glauben würde. Irgendetwas in ihm war zerbrochen, hatte sein Vertrauen in sie erschüttert. »Lily, das ist kein Spaß! Hast du sie wirklich in Raum 213 eingesperrt?«

Lily war verletzt, aber konnte sie es Travis verübeln? Nein, nicht nach diesem Video, das mehr als eindeutig war. Wenn sie es nicht besser wüsste, würde sie selbst auch glauben, dass sie schuld an Kendras Situation war.

»Ich … ich …«, stammelte sie. »Ich habe sie nicht eingesperrt, ehrlich.« Sie schluchzte und spürte, wie sich ihre Kehle zuzog. Wie sollte sie aus dieser Nummer wieder herauskommen? Solange Kendra verschwunden blieb, würde ihr niemand glauben.

Travis packte sie an den Schultern und die Blase um sie herum schien zu zerplatzen. Plötzlich waren da wieder die lauten Stimmen, das Klatschen und Rufen und dann unvermittelt ein aufbrandender Applaus, als *Scarab* die Bühne betrat. Lilys Kopf drohte zu zerspringen, nicht nur Gedanken wirbelten darin herum, es waren auch Bilder von Kendra, vom Raum, dazu die Geräusche, die sie umgaben, und die zuckenden Blitze der Lichtanlage. Sie hatte das Gefühl, jeden Moment durchzudrehen.

»Hey, was ist los mit euch?«, brüllte Ava gegen die ersten Beats des Liedes an. »Habt ihr es noch nicht mitbekommen? Es geht lohoooos! Partytime!«

Ohne auf Ava einzugehen, fixierte Travis Lily weiter mit seinem Blick, als würde er in ihren Augen nach der Wahrheit suchen.

»Bitte«, sagte Lily kläglich. »Warum sollte ich dich anlügen? Das würde ich nie tun.«

»Komm mit«, sagte er.

Zum Ärger der anderen Konzertbesucher zog er Lily mit sich aus der Zuschauermenge heraus Richtung Ausgang. Hier war es etwas ruhiger.

»Lily, du musst mir die Wahrheit sagen. Da steht vielleicht ein Leben auf dem Spiel! Was weißt du über diese Sache mit Kendra und dem Raum?«

Lily konnte nicht aufhören zu weinen und brachte nur unter Schluchzern hervor: »Ich habe ... ich habe sie gesehen. Heute Morgen. Sie saß in Raum 213. Ich habe gesagt, sie soll da rauskommen, aber sie ist einfach sitzen geblieben.«

»Und dann?«, drängte Travis.

»Nichts. Ich bin gegangen, und als ich im Unterricht saß, habe ich gehört, wie eine Tür zugeschlagen ist.« Sie schluchzte noch einmal laut auf. Seit dem Tod von Seth hatte sie nicht so etwas Schlimmes erlebt.

»Und du bist dir ganz sicher, dass du die Tür offen stehen gelassen und nicht vielleicht doch geschlossen hast?«

»Verdammt noch mal, ja! Wieso sollte ich das tun?«

»Na ja, es ist ja ziemlich offensichtlich, dass du Kendra nicht ausstehen kannst.«

Neben ihrer Verzweiflung spürte Lily jetzt auch Wut in sich hochkochen. Jetzt hatte Kendra das geschafft, was sie wahrscheinlich schon lange gewollt hatte: Travis misstraute Lily. Kendra hatte es geschafft, einen Keil zwischen sie zu treiben, Misstrauen zu säen, wo eigentlich alles in Ordnung gewesen war. Aber warum tat sie das? Welches Ziel verfolgte sie damit?

In der Halle stand inzwischen die Luft, es war stickig und die Leute schwitzten, doch die Stimmung war auf dem Höhepunkt angelangt. *Es hätte so ein schöner Abend werden können,* dachte Lily. Sie merkte, dass sie ihre Fassung langsam wiedererlangte und die Wut ihr Kraft verlieh. Sie straffte ihren Oberkörper und sagte mit fester Stimme über die wummernden Bässe hinweg: »Ich habe Kendra nicht eingesperrt. Und wenn du das wirklich glaubst, dann tut es mir leid.« Sie wandte sich ab und stürmte Richtung Ausgang, natürlich hoffte sie, Travis würde ihr folgen, sie in den Arm nehmen und sagen, dass das alles bestimmt nur ein riesengroßes Missverständnis sei, das sich bald aufklären würde. Doch er kam ihr nicht hinterher. Lily drehte sich ein letztes Mal um und sah, dass Travis sein Handy in der Hand hielt. Wahrscheinlich spielte er noch einmal das Video ab, als könne er so dessen Wahrheitsgehalt überprüfen. Er schüttelte den Kopf und tippte dann auf dem Handy herum. Wahrscheinlich würde er jetzt die Polizei anrufen.

Als Lily draußen stand, atmete sie erst mal tief ein und aus. Sie lehnte sich gegen die Wand, um sie herum standen ein paar Typen, die rauchten und lachten. Sie schloss die Augen und versuchte, ihren Puls runterzubringen. *Ganz ruhig*, ermahnte sie sich. *Es wird sich alles aufklären. Ruhig ...*

»Na, schöne Lady, ist dir das Konzert zu langweilig?«

Lily öffnete die Augen und sah einen der Typen auf sich zukommen. Sie stieß sich von der Wand ab und ging über den Platz, denn eine solche Anmache konnte sie jetzt überhaupt nicht gebrauchen. »Hey, wohin denn so schnell?«, rief ein anderer, und Lily beschleunigte ihren Schritt. Wieso musste dieses bescheuerte Konzert ausgerechnet im Industriegebiet stattfinden? Wo keine Menschenseele unterwegs war und sie zusehen konnte, wie sie nach Hause kam?

Die Typen hatten zum Glück schnell das Interesse verloren und johlten ihr nur noch irgendetwas Unverständliches hinterher. Als sie zur Straße kam, schickte sie ein Stoßgebet zum Himmel, das sofort erhört wurde. Wenigstens eine gute Sache, die heute noch passierte: Es standen tatsächlich ein paar Taxen da, die die Partywütigen nach dem Konzert nach Hause bringen wollten.

Erleichtert öffnete sie die Tür des ersten Wagens in der

Reihe und ließ sich auf den Rücksitz fallen. »Einmal in die Virginia Street, bitte.« Sie schloss die Augen und legte ihren Kopf zurück, doch der Taxifahrer fuhr nicht los. Lily öffnete die Augen wieder und sah den fragenden Blick des Fahrers im Rückspiegel. Dann sagte jemand: »Das geht in Ordnung, fahren Sie los.«

Ruckartig wandte Lily den Kopf zur Seite und da, neben ihr auf der Rückbank, saß jemand im dunklen Schatten. Lily war irritiert, machte sich daran, wieder auszusteigen. »'tschuldigung, ich habe nicht gesehen, dass das Taxi schon besetzt ist.«

»Fahren Sie los«, herrschte die andere Stimme den Fahrer an, und gerade, als Lily die Tür öffnen wollte, setzte der den Wagen in Bewegung. Gleichzeitig schnellte eine Hand hervor und packte Lilys Arm. Lily sah erst auf ihren Arm, in den sich rot lackierte Fingernägel krallten, dann in den Schatten.

»Du bleibst schön hier«, zischte es, und dann kam ein Gesicht zum Vorschein.

Lilys Hirn brauchte einen Moment, um alles zusammenzusetzen, um zu verstehen, was hier vor sich ging. Es ratterte und ratterte, noch griffen die Rädchen nicht ineinander, doch dann kam die Message an: Kendra lebte. Und war nicht in Raum 213 gefangen, sondern saß hier mit ihr in einem Taxi. Lily wusste nicht, was sie sagen, geschweige denn, was sie denken sollte. Sollte sie sich freuen, dass Kendra hier quicklebendig neben ihr hockte? Sollte sie es bedauern?

»Was ... was machst du hier?«, stammelte sie hilflos und befreite ihren Arm aus der Umklammerung.

»Traurig, dass ich noch lebe?«, fragte Kendra spitz zurück.

»Dass ich nicht einsam und verlassen in Raum 213 verrecke? Das hättest du wohl gerne gesehen, was?«

Lily war zu perplex, um irgendetwas zu erwidern. Wie hatte Kendra das angestellt? Wie hatte sie alle dermaßen täuschen können?

»Dann ... war dein Video gar nicht echt? Dann war alles nur ein riesengroßer Fake?«

»Wieso Fake? Du hast mich doch in Raum 213 gesehen. Und du hast mich eigenhändig eingesperrt. Schon vergessen?«

Lily schluckte. »Du weißt genauso gut wie ich, dass ich dich nicht eingesperrt habe. Die Tür war noch offen, als ich gegangen bin, und ich habe dir sogar noch gesagt, dass du da rauskommen sollst. Was kann ich denn dafür, dass du so dämlich bist?«

»Ha!« Kendra lachte schrill auf. »Das werden wir ja noch sehen, wer von uns beiden dämlich ist. Hast du irgendwelche Beweise? Meinst du, irgendjemand wird dir glauben?«

Lily überlegte, ob sie einfach aus dem Taxi springen sollte. Sie hatte keine Lust, sich diesen bösartigen Unsinn weiter anzuhören.

»Na ja, jetzt bist du ja wieder da«, sagte sie. »In ein paar Tagen kräht sowieso kein Hahn mehr danach, ob du im Raum eingesperrt warst oder nicht. Was sollte denn diese bescheuerte Aktion?«

»Wer sagt denn, dass ich mich in der Schule blicken lasse?« Sie lachte wieder auf. Für Lily gab es keinen Zweifel mehr daran, dass dieses Mädchen total irre war. Aber warum nur hatte sie sich ausgerechnet Lily für ihre kranken Spielchen ausgesucht? »Das wäre ja vollkommen witzlos«, fuhr Kendra fort. »Ich werde natürlich weiterhin verschwunden bleiben, und die Leute werden denken, dass ich in Raum 213 schmore, in den DU mich gesperrt hast.«

»Damit kommst du nicht durch«, sagte Lily, doch sie fühlte sich längst nicht so selbstsicher, wie sie sich gab. Im Gegenteil: Innerlich wusste sie ganz genau, dass sie es extrem schwer haben würde, wenn Kendra das durchzog, was sie ihr gerade angedroht hatte. Lily spürte eine quälende Hitze in sich aufsteigen, wie immer, wenn sie sich panisch oder in die Ecke gedrängt fühlte. Es musste doch irgendeinen Weg geben, dieses Mädchen außer Gefecht zu setzen! Wie lange sollte dieses Spiel noch so weitergehen? Die Gedanken in Lilys Kopf überschlugen sich, und sie überlegte fieberhaft, was sie Kendra entgegensetzen konnte.

»Okay«, sagte sie schließlich. »Was willst du von mir? Kann ich irgendetwas tun, damit du mit dieser Scheiße aufhörst?«

»Wie süß«, gab Kendra zur Antwort. Dann wurde ihre Stimme zu einem Zischen: »Du kannst überhaupt nichts tun. Ich werde dich fertigmachen.«

Lily konnte die Verzweiflung in ihrer Stimme nicht länger verbergen. »Aber warum?«, fragte sie. »Was habe ich dir getan?«

»Pech gehabt, wenn du das selbst nicht weißt«, zischte Kendra. »Aber eins solltest du wissen: Du wirst dir wünschen, mich niemals kennengelernt zu haben, wenn ich mit dir fertig bin.«

Das wünsche ich mir schon jetzt, dachte Lily. Die Hitze in ihrem Körper wurde unerträglich, sie hatte das Gefühl, jeden Moment zu ersticken, am liebsten hätte sie sich die Kleider vom Leib gerissen. »Anhalten«, rief sie zum Taxifahrer nach vorne, und der machte eine Vollbremsung, als hätte er nur auf dieses Kommando gewartet. Lily stieß die Tür auf und sprang mit einem Satz auf die Straße.

Luft, dachte sie. *Ich brauche Luft.* Sie schlug die Tür hinter sich zu und das Taxi setzte sich wieder in Bewegung. Keuchend beugte sie sich nach vorne und sah, wie sich die roten Rücklichter in der Dunkelheit entfernten. »Hau ab«, flüsterte sie dem Wagen hinterher. »Und verschwinde aus meinem Leben!« Sie richtete ihren Oberkörper auf, versuchte, ruhig und gleichmäßig zu atmen, um langsam wieder runterzukommen und sich auf Normaltemperatur zu bringen. *Verdammte Scheiße,* dachte sie. Das war mal wieder eine echte Kampfansage von Kendra gewesen. Doch im Vergleich zu den vorherigen war diese eine ganze Nummer härter. Lily musste es irgendwie schaffen, sich aus ihrer Schusslinie zu bringen, aber wie? Sie beschlich das dumpfe Gefühl, dass es dafür schon längst zu spät war, dass sie keine Chance mehr hatte, aus dieser verzwickten Situation herauszukommen.

Sie ging ein paar Schritte auf und ab und spürte, dass sie ruhiger wurde. Wo war sie hier überhaupt gelandet? Ah, da vorne war die Tankstelle, und das bedeutete, dass sie es nicht mehr weit nach Hause hatte. Die letzten Meter zu gehen würde ihr sicher guttun. Sie setzte sich in Bewegung und überlegte, was sie als Nächstes tun sollte. Klar, sie musste Travis anrufen. Er musste wissen, dass Kendra noch lebte, dass das alles ein grausiger Scherz gewesen war. Hastig holte sie ihr Handy aus der Tasche hervor und wählte seine Nummer. Er drückte sie weg und Lily spürte einen Stich in ihrem Herzen. Sie probierte es erneut, doch wieder drückte er sie weg. Beim dritten Versuch sprang gleich die Mailbox an. Lily hätte es ihm gerne persönlich gesagt, aber da er offensichtlich nicht mit ihr sprechen wollte, hinterließ sie ihm eine Nachricht. »Hallo, ich bin's. Bitte ruf mich zurück. Kendra ist nicht in Raum 213 eingesperrt. Ich habe sie gesehen, sie saß mit mir im Taxi. Das war alles eine üble Intrige von ihr. Sie hasst mich, warum auch immer. Bitte, du musst mir glauben. Ruf mich zurück, ja?« Sie hielt einen kurzen Moment inne. »Ich liebe dich«, schob sie dann hinterher und legte schnell auf.

Sie fühlte sich so elend und wünschte sich nichts sehnlicher, als dass dieser Spuk endlich ein Ende hatte. An der Tankstelle hielt sie kurz an, um sich etwas zu trinken zu kaufen; sie brauchte etwas Kühles, etwas, das ihren Geist wieder klarer werden ließ. Als sie den Verkaufsraum betrat, kamen ihr Heather und Madison entgegen, die zwei Mädchen aus der Eerie, die mal eine ziemlich krasse Party in Raum 213 gefeiert hatten. Als sie Lily entdeckten, verzogen sie ihre Gesichter zu einer Mischung aus Fassungslosigkeit und Unglauben. Warum guckten sie sie so an? Sie hatte doch sonst nichts mit ihnen zu tun. Die beiden gingen an ihr vorbei, und Lily hörte die eine nur flüstern: »Ich weiß nicht, wie sie dem Mädchen so etwas antun konnte.«

Abrupt blieb Lily stehen und sah sich zu den beiden um, die jetzt über den Parkplatz gingen. Was war das jetzt? Oh Gott, das hatte Lily eigentlich ahnen müssen. Die Eerie High war wie ein Dorf, da wurde geklatscht und getratscht, was das Zeug hielt. Wahrscheinlich hatte sich Kendras Geschichte mir nichts, dir nichts herumgesprochen. Aber wer wusste davon? Das würde ja bedeuten, überlegte Lily, dass Travis gleich irgendjemanden informiert hätte. Nein, auch wenn er ihre vermeintliche Tat verurteilte, er würde sie nicht vor anderen schlechtmachen oder irgendwelche Sachen über sie erzählen. Woher wussten die zwei es dann?

Die Erkenntnis traf Lily wie ein Schlag ins Gesicht. Kendra musste das Video an mehrere Leute geschickt haben. Sie hatte ja nur vier, fünf Leute auswählen müssen, denn sie konnte sicher sein, dass das Video sich wie von selbst verbreiten würde. Wenn wirklich die ganze Schule dachte, dass Lily Kendra eingesperrt hatte, wäre das Lilys Ende. Sie würde sich nie wieder an der Eerie High blicken lassen können. Nachdem sie bezahlt und die Tankstelle wieder verlassen hatte, holte sie ihr Handy hervor. Sie musste wissen, ob Ava diese Nachricht auch bekommen hatte, ob ihre beste Freundin sie nun ebenfalls für eine skrupellose Person hielt – halten musste –, die zu Dingen fähig war, die niemand für möglich gehalten hätte.

Gerade als sie Avas Nummer wählen wollte, sah sie eine Nachricht auf ihrem Handy. Von Ava. Der Text bestand nur aus zwei Worten: *Stimmt das?* Angehängt war ein Video. Lily klickte es an, auch wenn sie bereits wusste, was es zeigen würde. Doch es war nicht derselbe Film zu sehen, den Kendra auf Lilys Handy geschickt hatte. Er war wieder in Raum 213 aufgenommen worden, und vorne im Bild war Kendra, ihr Gesicht tränenüberströmt. Sie weinte so bitterlich, dass selbst Lily das Gefühl hatte, es wären echte Tränen. Lily wusste: Wenn dieses Video die Runde machte, würde niemand mehr ein einziges Wort mit ihr reden.

10

Als Lily die Haustür aufschloss, hoffte sie inständig, dass ihre Schwester zu Hause wäre. Sie konnte jetzt unmöglich allein sein und brauchte jemanden zum Reden. »Donna?«, rief sie, als sie ihre Jacke aufhängte. »Bist du da?«

»Ja«, ertönte es aus dem Wohnzimmer. Lily fiel ein Stein vom Herzen, sie warf ihre Tasche auf den Boden und ging zu Donna. Die hatte sich mit einer Tüte Chips vor den Fernseher geworfen und sah sich irgendeine Serie an. »Wo kommst du denn her? Siehst ja total fertig aus«, sagte Donna und setzte sich auf. Sie tätschelte auf den Platz neben sich, als würde sie einen Hund anlocken, und Lily ließ sich in die Kissen fallen. Donna stieß ihr in die Seite. »Nun sag schon! Hast du dich mit deinem neuen Freund rumgetrieben? Wie heißt er gleich noch? Trevor?«

Lily konnte nicht antworten, denn in ihrem Hals saß ein dicker Kloß fest.

»Hey«, sagte Donna sanft. »Was ist denn los?« Und dann brach es aus Lily heraus, erst rannen nur einzelne Tränen über ihre Wangen, dann begann sie unkontrolliert zu schluchzen. »Ich ... ich ...«, setzte sie immer wieder an, doch sie konnte nicht sprechen. Ihr ganzer Körper bebte, sie merkte kaum, wie Donna tröstend ihren Arm um sie legte und sie zu sich heranzog. »Schscht«, machte Donna und streichelte ihr über den Kopf. »Ist ja gut.« Sie wiegte Lily sanft hin und her, wie ein kleines Baby. »Hey, beruhig dich doch. Was ist denn passiert?« Lily wollte aufhören zu weinen, doch in den letzten Tagen hatte sich so viel angestaut, dass es immer wieder von Neuem aus ihr herausbrach.

Donna reichte ihr eine Packung Taschentücher, und Lily benutzte eines nach dem anderen, bis die Tränen schließlich versiegt waren und sie sich erschöpft nach hinten fallen ließ. Sie fühlte sich total leer und ausgebrannt.

»Ist irgendwas mit Trevor?«, fragte Donna hilflos.

Über Lilys Lippen huschte ein kleines Grinsen. »Er heißt Travis.«

»Und was ist mit ihm? Hat er dich schlecht behandelt?« Donna schenkte Wasser in ihr Glas und reichte es Lily. »Trink erst mal was.«

»Ja«, sagte Lily. »Und nein.« Ein letzter Schluchzer drang aus ihrer Kehle. »Ich weiß es nicht.«

»Hm«, machte Donna. »Klingt kompliziert.«

Sie schwiegen sich eine ganze Weile an, während sich im Fernsehen zwei Surfer-Typen stritten. Lily sah mit glasigem Blick auf den Bildschirm, doch sie nahm gar nicht wahr, was dort zu sehen war. Wie sollte sie Donna das alles erklären?

»Es gibt da dieses neue Mädchen an unserer Schule, Kendra«, begann sie schließlich. »Ich weiß nicht, warum, aber sie hat es irgendwie auf mich abgesehen.«

»Aha«, sagte Donna und schob sich eine Ladung Chips in den Mund. »Und wie macht sich das bemerkbar?«

»Erst waren es nur Kleinigkeiten, die niemand richtig mitbekommen hat, sie hätte mich beinahe mit dem Auto umgefahren, hat Travis in meinem Namen SMS geschickt, sich an ihn rangeschmissen, so was halt.«

»Also das sind keine Kleinigkeiten, wenn du mich fragst. Das sind schon krasse Sachen.«

»Dann hast du aber das Krasseste noch nicht gehört.« Lily griff nun ebenfalls in die Chipstüte, auch wenn sie eigentlich gar keinen Hunger hatte. »Heute Morgen, als ich in die Schule kam, hab ich sie in Raum 213 sitzen sehen.«

»Was?«, rief Donna entsetzt. »Nicht dein Ernst!« Sie hatte selbst die Eerie High besucht, bevor sie aufs College gewechselt war, und wusste, wie gefährlich Raum 213 sein konnte.

»Doch, das ist mein Ernst. Ich habe ihr gesagt, dass sie da rauskommen soll, aber sie ist einfach sitzen geblieben.«

»Wie blöd kann man sein?«

»Tja, ich bin dann in den Unterricht gegangen und plötzlich höre ich die Tür zuknallen.«

»Was?« Donna sprang vom Sofa auf und begann, nervös vor dem Fernseher auf und ab zu laufen. »Und jetzt hockt die da drinnen und wartet auf ihren Tod, oder was?«

»Eben nicht. Sie hockt nicht in Raum 213, sondern sie ist quicklebendig. Sie saß gerade noch neben mir im Taxi.«

Donna verstand nun gar nichts mehr. »Und wo liegt dann das Problem?«

Lily stand ebenfalls auf und ging in den Flur zu ihrer Handtasche. Sie holte ihr Handy raus, vergewisserte sich, dass keine weiteren Horrormeldungen eingegangen waren, und reichte Donna wortlos das Telefon.

Die sah sich kopfschüttelnd das Video und den dazugehörigen Text an. »Scheiße, was soll das denn?«

Sie ließ sich wieder aufs Sofa fallen, und jetzt war es Lily, die unruhig auf und ab tigerte. »Das hat sie an zig Leute in der Schule geschickt«, sagte Lily. »Die glauben jetzt alle, ich hätte Kendra in Raum 213 eingesperrt.«

»Aber hast du nicht, oder?«

»Nein, verdammt, natürlich nicht!«

»Verstehe. Das ist krass. Und was machst du jetzt?«

»Sag du es mir! Sie hat das so geschickt eingefädelt, dass mir niemand glauben wird. Alle werden denken, ich bin die eifersüchtige Irre, die ihre Nebenbuhlerin eingesperrt hat.«

»Aber der Taxifahrer muss sie doch auch gesehen haben! Der kann es doch bezeugen.«

Aus Lilys Körper wich alle Wärme, ihre Hände wurden taub. Wie hatte sie daran nicht denken können? Wie hatte sie so dumm sein können? Der Taxifahrer. Aber der war jetzt verschwunden – zusammen mit Kendra. Es würde Lily nicht wundern, wenn er am Ende Kendras Komplize war.

»Wie soll ich den denn jetzt finden?«, fragte Lily hilflos. »Das ist doch wie die Suche nach der Nadel im Heuhaufen. Und selbst wenn ich ihn finden sollte und er für mich aussagt – Kendra kann immer noch behaupten, nie in diesem Taxi gesessen zu haben.«

»Jetzt steckst du aber schnell den Kopf in den Sand. Ihr wärt dann immerhin zwei gegen eine. Ich würde es in jedem Fall mal versuchen.« Sie richtete den Blick wieder auf den Fernseher, und Lily hatte das Gefühl, dass das Thema für Donna jetzt beendet war. Es wunderte sie eh, dass sie so offen und vor allem ruhig mit ihrer Schwester geredet hatte. Normalerweise zickten sie sich nur an.

»Na ja«, sagte Lily matt. »Darum kann ich mich dann ja morgen kümmern. Ich bin müde und gehe ins Bett.«

»Ja, schlaf gut! Morgen sieht die Welt vielleicht schon wieder ganz anders aus. Und wer weiß, am Ende war das heute alles ein riesengroßer übler Scherz, und morgen schlendert sie wieder über den Pausenhof, als wäre nichts gewesen.«

Schön wär's, dachte Lily und ging in ihr Zimmer. Sie zog ihr Schlafshirt über und setzte sich aufs Bett. Dann wickelte sie sich in ihre Decke ein und stellte sich ihren Laptop auf den Schoß. Eigentlich hielt sie nichts davon, Leute im Internet auszuspionieren, doch jetzt war der Spaß vorbei, jetzt wurde ganz offensichtlich mit schwereren Geschützen gekämpft. Sie musste herausfinden, was es mit dieser Kendra auf sich hatte. Vielleicht würde Lily auf irgendetwas stoßen, irgendeinen Hinweis darauf, warum sie so war, wie sie war, oder auf irgendetwas aus ihrer Vergangenheit, das mehr über sie verriet. An ihrem ersten Schultag hatte sie der Klasse nicht viel erzählt, lediglich, dass sie mit ihren Eltern nach Eerie gezogen und ihr Lieblingsfach Geschichte war. Lily hatte auch nicht den Eindruck, dass Ava sehr viel mehr wusste, die hatte sich einfach von Kendras Erscheinung blenden lassen.

Kendra Black tippte Lily in die Suchmaschine ein und es wurden Tausende Ergebnisse ausgespuckt. Lily klickte wahllos ein paar an, doch es schienen alles andere Kendras zu sein. Sie hatte keine Ahnung, mit welchem Begriff sie die Suche noch weiter hätte präzisieren können, doch dann fiel ihr etwas ins Auge: eine Gedächtnisseite für die Opfer aus Raum 213.

Sie wusste gar nicht, dass es so etwas im Internet gab, und fragte sich, wer das ins Leben gerufen hatte. Es musste ja jemand von der Schule gewesen sein oder zumindest jemand, der einen geliebten Menschen in Raum 213 verloren hatte.

Lily klickte den Link an, das Ganze sah ziemlich professionell aus. Es gab einen Abriss über die Geschichte der Eerie High, in dem auf den Bau der Schule und mögliche Theorien zur Entstehung von Raum 213 eingegangen wurde, außerdem fand sich dort eine Liste mit den Namen derjenigen, die in Raum 213 umgekommen oder ohne jede Spur darin verschwunden waren. Wer hatte diese Seite ins Netz gestellt? Und wieso war die an der Eerie High nicht bekannt? Lily zuckte zusammen, als sie auf der Seite auch Seths Namen las. Sofort hatte sie wieder die Bilder vor Augen, den Menschenauflauf vor Raum 213, Seths leblosen Körper, das Gesicht eine Maske des Schreckens. Ihre eigenen Worte kreisten in ihrem Kopf, die Worte, die sie so sehr bereute. *Würdest du dich reintrauen, wenn die Tür offen stünde? Dann beweis es!*

Lily scrollte die Seite weiter runter, es gab auch eine Art Gästebuch. »Kondolenzbuch« traf es vielleicht besser, denn zahlreiche Leute hatten dort ihr Mitgefühl bekundet. Ein paar der Namen kannte Lily, es waren Schüler der Eerie High, Eltern oder Ehemalige.

Sie las ein paar Einträge:

Wir vermissen dich!
Wann gelingt es den Verantwortlichen der Eerie High endlich, diesem Schrecken ein Ende zu bereiten?
Diese Schule sollte geschlossen werden.
Ich trauere mit allen Angehörigen, dir ihr Kind in Raum 213 verloren haben.

Aber auch respektlose Sachen waren zu lesen:

Stellt euch nicht so an, Raum 213 ist der totale fun!
Ich würd auch gern mal in Raum 213 eine Party feiern.
Wer weiß, vielleicht hat's ja der eine oder andere auch verdient, da eingesperrt zu sein, lol.

Lily scrollte sich wieder zurück durch die Kommentare und blieb am Anfang noch einmal hängen. Der Eintrag war erst vor Kurzem geschrieben worden und er stammte von Kendra.

Welch ein Schmerz! Es soll wieder so sein wie früher!

Was hatte das zu bedeuten? Kannte Kendra eines der Opfer? Aber wen? Und wie konnte sie Leute von der Eerie kennen, wenn sie gerade erst vor ein paar Tagen neu an die Schule gekommen war? Der Eintrag war von vorgestern, vielleicht hatte sie mit irgendjemandem gesprochen, dessen Bruder oder Schwester dort umgekommen war?

Lily stellte den Laptop beiseite, machte das Licht aus und legte sich hin. Sie schloss die Augen, doch sofort sah sie die Bilder von heute wieder vor sich. Kendra, wie sie in Raum 213 saß mit ihrem verrückten Blick, die Aufnahme, die sie Lily geschickt hatte, Travis' Gesichtsausdruck, nachdem er sich das Video angesehen hatte … Lily wälzte sich hin und her und fiel erst Stunden später in einen unruhigen Schlaf. Immer wieder schreckte sie hoch, weil sie schlecht geträumt hatte, die Ereignisse der letzten Tage verwoben sich zu neuen kruden Geschichten. Zwischendurch starrte sie mit müden Augen auf ihr Handy, um zu sehen, ob Travis ihr geschrieben hatte, doch da war nichts, sie sah nur die Uhr auf dem Display und die verdammte Zeit, die einfach nicht vergehen wollte. Als am Morgen der Wecker klingelte, fühlte sie sich wie gerädert.

Doch das schrille Klingeln an der Haustür ein paar Minuten später ließ sie blitzartig hochfahren. Wer war das? Sie lauschte, ob Donna zur Tür ging, doch aus der Richtung ihres Zimmers war nichts zu hören. Es klingelte noch einmal, Lily stand auf, zog sich ihre Schlabberhose an und eine Strickjacke über und ging zur Tür.

Als sie sah, wer davor stand, war sie schlagartig hellwach.

Es waren zwei Polizisten.

11

»Guten Morgen, bist du Lily Stewart?«, fragte der größere der beiden Männer und hielt Lily seine Polizeimarke vor die Nase. Ihr sank das Herz in die Hose. Es konnte doch wirklich nicht sein, dass sich ihr normales Leben innerhalb weniger Tage komplett änderte und sie sich jetzt sogar vor der Polizei für Dinge rechtfertigen musste, die sie nicht getan hatte.

»Ja«, sagte sie und versuchte, dem strengen Blick des anderen Officers auszuweichen.

»Können wir kurz reinkommen? Wir hätten da ein paar Fragen an dich. Als Zeugin.«

Lily ließ sie eintreten und überlegte, ob es ein gutes Zeichen war, lediglich als Zeugin und nicht gleich als Verdächtige gehört zu werden. Aber es ging ihr auch noch etwas anderes durch den Kopf: Sie wünschte sich nichts sehnlicher, als ihre Eltern jetzt bei sich zu haben.

Während die Polizeibeamten ins Wohnzimmer traten, kam Donna aus ihrem Zimmer – sie sah zwar noch total verschlafen aus, aber war immerhin schon angezogen.

»Was ist denn hier los?«, murrte sie.

Lily deutete mit dem Kopf Richtung Wohnzimmer. »Po-li-zei«, flüsterte sie. »Bitte komm mit!«

Donna riss die Augen auf und zischte: »Ich bin doch noch gar nicht geschminkt!«

»Bitte!«

Die Panik stand Lily wohl dermaßen ins Gesicht geschrieben, dass Donna ihr ohne weitere Widerworte folgte.

»Setzen Sie sich«, sagte Lily mit einer hilflosen Geste, doch die Polizisten blieben stehen.

»Danke, es geht schnell. Wir sind hier wegen des Vermisstenfalls Kendra Black. Zeugen haben uns mitgeteilt, dass du die Letzte gewesen sein könntest, die sie gesehen hat? Wann und wo war das?«

Lily erzählte den beiden Beamten alles, was sie gestern Abend auch Donna erzählt hatte. Die zwei nickten und machten sich Notizen.

»Danke, das war's dann schon«, sagten sie anschließend und wandten sich wieder zum Gehen.

»Wie? Und was passiert jetzt?«, fragte Donna aufgebracht. »Glauben Sie meiner Schwester? Diese Kendra ist eine Irre!«

»Ganz ruhig, junge Dame«, sagte der Officer mit dem strengen Blick. »Wir werden allen Hinweisen nachgehen.« Und zu Lily sagte er: »Bitte halte dich bereit für weitere Befragungen. Sollte sich wirklich herausstellen, dass Kendra Black in Raum 213 eingesperrt wurde, werden wir dich noch einmal genauer verhören müssen.«

Lily spürte, wie ihr schlecht wurde, und wäre am liebsten aufs Klo gerannt. Der etwas freundlicher erscheinende Officer schien ihr Unbehagen zu bemerken und schob hinterher: »Im Moment gibt es noch keinen Grund zur Beunruhigung. Vielleicht klärt sich dieser Fall auch von selbst auf. Das ist manchmal so mit verschwundenen Jugendlichen, sie hauen einfach von zu Hause ab, weil sie irgendwelche Probleme haben, und irgendwann sind sie wieder da. Hinterher stellt sich alles als harmlos heraus.«

Er lächelte für den Bruchteil einer Sekunde, dann verschwand er mit seinem Kollegen.

»Puh«, stöhnte Donna, als die beiden außer Sichtweite waren. »Das war jetzt aber genug Adrenalin für eine ganze Woche.«

»Das kannst du laut sagen«, antwortete Lily. »Ich brauch erst mal eine Dusche. Fährst du mich danach zur Schule?«

»Aber sicher. Ich setz doch mein kleines Schwesterchen nicht der geifernden Meute im Bus aus.«

Als Donna sie an der Schule abgesetzt hatte, war es für Lily ein komisches Gefühl, ganz allein über den Campus zu laufen. Das erste Mal in ihrem Leben kam sie sich vor wie ein Außenseiter, niemand sonst schien hier allein zu sein. Überall standen Leute in kleinen Grüppchen herum, die sich begrüßten, sich gegenseitig irgendwelche Sachen auf den Handys zeigten, lachten und tuschelten. Tuschelten sie über Lily? Hatte sich Kendras Video schon verbreitet? Wie kleine Nadelstiche spürte sie die Blicke auf sich, oder war das alles nur Einbildung? Was hätte Lily darum gegeben, Ava bei sich zu haben. Obwohl sie seit dem Video gestern noch gar nicht mit ihr gesprochen hatte, war Lily klar, dass es zwischen ihnen nicht mehr so sein würde wie noch vor ein paar Tagen. Es wäre nicht mehr leicht und unbeschwert, sondern krampfig, wenn Ava überhaupt noch mit ihr redete. Warum glaubten eigentlich alle Kendra, egal, was sie sagte und tat, und niemand Lily? Hatte sie mit ihrer Eifersucht wirklich so übertrieben? War es so schlimm, dass die Leute glaubten, sie hätte sich zu einem Monster entwickelt?

Der Gedanke daran, dass ihr Freund und ihre beste Freundin ihr vielleicht beide eine solch schreckliche Tat zutrauten, zerfraß sie innerlich. Die zwei gehörten neben ihrer Familie zu den wichtigsten Menschen, die sie hatte, mit ihnen besprach Lily alles, was sie beschäftigte. Es konnte doch nicht sein, dass sie jetzt ganz allein mit dieser Sache klarkommen musste.

Lily fühlte sich matt, hatte keine Kraft mehr. Vielleicht wäre es besser, einfach aufzugeben und Kendra ihren Sieg zu gönnen. Aber was würde Lily dann noch bleiben? Nein, sie musste kämpfen. Sie musste kämpfen und hoffen, dass die Gerechtigkeit irgendwann siegen würde. Auch wenn es vielleicht ein langer und beschwerlicher Weg werden würde.

Jetzt musste Lily erst mal Ava finden und mit ihr sprechen. Sie musste wenigstens versuchen, sich zu erklären, sie musste ihr von Kendras Auftauchen gestern im Taxi erzählen.

»Ohhh, da ist ja die Kerkermeisterin«, rief ein Typ aus den unteren Jahrgängen, und seine Freunde lachten dreckig. Lily beschleunigte ihren Schritt und sah zu, dass sie ins Hauptgebäude kam, doch dem Typen blieb noch Gelegenheit für einen weiteren Spruch: »Wie fühlt sich das an zu wissen, dass jemand quaaaaalvoll verendet?« Er klatschte mit seinen Kumpel ab. Lily schüttelte sich innerlich, nach dem morgendlichen Verhör schien der Tag ja richtig super weiterzugehen.

Als Lily das Gebäude betrat, war es nicht viel anders, sie hatte das Gefühl, alle Blicke waren auf sie gerichtet. Erst jetzt nahm sie wahr, dass überall Polizisten herumliefen, aber die zwei von vorhin schienen nicht dabei zu sein. Sie schlängelte sich zwischen ihren Mitschülern hindurch, um in den zweiten Stock zu gelangen – Lily musste wissen, was sich bei Raum 213 tat.

Wie erwartet, hatte sich eine große Menschentraube davor versammelt. »Geht in eure Klassenzimmer«, hörte sie jemanden rufen, »wir können so nicht arbeiten. Wir brauchen Platz.« Doch niemand bewegte sich von der Stelle.

Lily ging langsam auf die Ansammlung zu, sie spürte das Unbehagen, von dem sie immer ergriffen wurde, wenn sie sich diesem Klassenzimmer näherte, doch diesmal kam noch etwas anderes hinzu: die Angst vor der Reaktion der anderen, wenn sie sie sehen würden. Und auf die musste sie auch nicht lange warten.

»Ach nee, da ist ja unsere kleine Horrorbraut«, rief Paul, ein arroganter Typ, mit dem Lily früher mal im Debattierklub gewesen war. »Willst du dir das Elend mit eigenen Augen ansehen?«

Sofort drehten sich alle zu Lily um, und es war, als würde die Zeit stillstehen. Zig Augenpaare waren auf sie gerichtet, teils erwartungsvoll, als würden sie hoffen, Lily ginge einfach zur Tür, würde sie öffnen und Kendra spazierte heraus, teils hasserfüllt, teils kopfschüttelnd und zu einem winzigen Teil auch mitleidsvoll. Lily wusste nicht, wo sie hinsehen sollte, also sah sie auf den Boden. Das glich wahrscheinlich einem Schuldeingeständnis. Als sich an der Tür zu Raum 213 jemand mit lautem Gerät zu schaffen machte, wandten sich die meisten wieder ab und beobachteten, was vor ihnen passierte.

Lily entdeckte Ava in der Gruppe, auch sie hatte ihr den Rücken zugedreht, und Lily wusste nicht, ob sie hingehen sollte oder nicht. *Du musst hingehen*, sagte sie zu sich selbst. *Du musst zumindest versuchen, mit Ava zu sprechen.*

Sie schob sich zwischen den anderen hindurch, nicht, ohne hier und da noch mal ein Zischeln an ihrem Ohr zu hören. Noch vor ein paar Tagen hätte sie Ava einfach umarmt oder hätte ihr von hinten die Augen zugehalten, jetzt traute sie sich kaum, sie am Arm zu berühren.

»Hey«, sagte Lily.

»Hey«, sagte Ava, doch sie sah Lily dabei nicht an.

Lily versuchte, in der Miene ihrer Freundin zu lesen, doch sie konnte nichts darin erkennen.

Nach einer gefühlten Ewigkeit blickte Ava Lily direkt in die Augen. »Ich frage dich jetzt von Freundin zu Freundin: Hast du Kendra da drinnen eingesperrt?«

»Ava, nein! Jetzt frage ich dich von Freundin zu Freundin: Glaubst du wirklich, dass ich zu so etwas fähig bin? Wie lange kennst du mich?«

Ava kramte in ihrer Tasche, holte ihr Handy heraus, drückte darauf herum und hielt es dann Lily unter die Nase. Es wurde ein Video abgespielt, ein anderes als die zwei, die Lily gestern gesehen hatte. Kendra musste sich wirklich viel Arbeit gemacht haben, all diese Filme zu drehen. Es war ein Zusammenschnitt aus Elementen, die Lily schon kannte, und neuen Sachen. Das Ganze war mit einer grausigen Musik unterlegt und verursachte Lily Gänsehaut. Doch es war das Ende des Filmchens, das Lily das Blut in den Adern gefrieren ließ. Da war sie zu sehen, wie sie bewegungslos in der Tür zu Raum 213 stand – und schließlich die Tür schloss. Dann kam folgender Text:

Dieses Mädchen ist böse. Nehmt euch vor ihr in Acht.

Kendra musste sie heimlich gefilmt haben, als sie mit ihr gesprochen hatte, die letzte Szene zeigte, wie Lily die Tür schloss. Sie selbst wusste ja, dass sie sie nur angelehnt hatte, doch aus dieser Perspektive wirkte es wirklich so, als hätte sie die Tür einfach zugemacht. »Was soll ich nach diesem

Video bitte glauben?«, fragte Ava. »Das ist nun mal leider sehr eindeutig.«

Lily schüttelte ratlos den Kopf. »Ja, das ist sehr eindeutig. Ich sage dir trotzdem noch mal, dass ich nichts mit Kendras Verschwinden zu tun habe. Aber bitte, ich kann es dir nach diesem Video wirklich nicht verübeln, wenn du ihr glaubst und nicht mir.« Sie spürte, wie die Wut durch ihre Adern kroch. »Ich hoffe nur, dass irgendwann die Wahrheit ans Licht kommt. Dann überlegst du dir beim nächsten Mal vielleicht etwas genauer, was du sagst oder ob du einem dahergelaufenen Mädchen mehr glaubst als deiner besten Freundin.«

»Aber ...«

»Lass gut sein.«

Sie gab Ava das Handy zurück und drehte sich um. Ohne ein weiteres Wort schob sie sich zwischen den anderen Schülern hindurch und machte sich auf den Weg zu ihrem ersten Unterrichtsraum. Als sie zur Treppe kam, merkte sie, dass ihr Tränen die Wangen hinunterliefen, zornig wischte Lily sie weg. Dann hastete sie nach unten in den ersten Stock, wo sie beinahe jemanden umrannte – Travis, der gerade im Begriff war, die Stufen hochzusteigen. Lily blieb abrupt stehen, und wieder war es, als würde die Zeit anhalten. Sie starrte in Travis' Augen, versuchte, irgendetwas darin zu erkennen. Ihr Herzschlag hatte sich beschleunigt, wie gerne wollte sie ihrem Freund einfach um den Hals fallen, ihren Kopf an seine Brust legen und sich von seiner Wärme umhüllen lassen. Dann wäre alles gut gewesen, dann hätten sie das gemeinsam durchstehen können. Doch in seinem Blick lagen unendlich viele Fragen. Sie bemerkte seine Unsicherheit, er wusste nicht, was er glauben sollte, zu eindeutig waren die Videos, die Kendra verschickt hatte. Aber warum war seine Liebe nicht stärker? Warum war diese Liebe nicht über alle Zweifel erhaben? Der Schmerz war unerträglich. *Bitte,* flehte sie innerlich. *Bitte sieh mich an, und sag mir, dass du mich liebst. Dass du bei mir bist, egal, was auch passiert.*

Doch Travis sagte nichts.

Lily konnte ihre Tränen nicht zurückhalten; sobald sie eine wegwischte, folgten zwei neue. In einem hilflosen Versuch, doch noch irgendwie zu Travis durchzudringen, streckte sie behutsam ihre Hand nach seiner aus. Sie berührte seinen Handrücken, doch er erwiderte ihre Berührung nicht. Stattdessen senkte er seinen Blick, eine Geste, die mehr sagte als jedes Wort. Lily hatte verstanden und wandte sich ab. Sie spürte, wie ihre Knie zitterten und nachgaben. Plötzlich wurde ihr schwarz vor Augen, und das Letzte, was sie spürte, war, wie sie fiel.

12

Ich stehe in einem dunklen Raum. Es ist so dunkel, dass ich nicht mal meine eigene Hand vor Augen erkennen kann. Wo bin ich? Vorsichtig taste ich mich vorwärts, hoffe, auf eine Wand zu stoßen und mich daran entlangtasten zu können. Gibt es hier eine Tür? Plötzlich ein Kreischen, schrill und laut. Es schmerzt in meinen Ohren, aufhören, dieses Kreischen soll aufhören. Bin ich es, die da kreischt? Nein, es muss noch jemand anders in diesem Raum sein. »Hallo?«, flüstere ich, doch meine Worte kommen so leise heraus, dass ich sie selbst kaum verstehe. »Wer ist da?«, frage ich etwas lauter, und das Kreischen verstummt abrupt. Es herrscht Totenstille. Die Angst legt sich wie ein Mantel aus Eis um mich, lässt mich erzittern. »Ha... hallo«, stammele ich, und auf einmal ist da ein grelles Licht, eine Lampe, die direkt vor mir angegangen ist und mich blendet. Ich muss die Augen zusammenkneifen, halte mir die Hände vor das Gesicht. Durch meine Finger hindurch versuche ich, etwas zu erkennen, und jetzt bin ich es, die kreischt, als hätte mir jemand ein Messer zwischen die Rippen gerammt. Vor mir steht jemand oder vielmehr etwas, ein Mensch vielleicht, doch er hat kein Gesicht. Auf seinem Hals hockt ein Totenschädel, die leeren Augenhöhlen scheinen mich vorwurfsvoll anzusehen. Ich kneife die Augen sofort wieder zu, und als ich sie noch einmal vorsichtig öffne, ist der

Totenschädel verschwunden, vor mir steht plötzlich Seth, sein Gesicht ist bleich, blutige Striemen ziehen sich über seine Wange. »Was hast du mit mir gemacht?«, sagt er mit einer Stimme, die nicht seine ist. »Sieh mich an, jetzt bin ich tot! Und du bist schuld daran!«

»Nein«, wimmere ich. »Nein, hör auf!« Er streckt seine blasse Hand auffordernd nach mir aus, doch ich nehme sie nicht. Stattdessen weiche ich zurück, der Raum wird wieder in totale Finsternis getaucht, ich beschleunige meinen Schritt, weiß nicht, ob die Gestalt, die wie Seth aussieht, mich verfolgt.

Mein Hinterkopf schlägt gegen eine Wand, ich presse mich dagegen, in panischer Erwartung dessen, was nun passieren wird. Ich lasse mich auf den Boden gleiten und krümme mich wie ein Embryo zusammen. Schweiß rinnt meine Schläfen hinab in meine Augen, mein Atem geht schwer. Immer wieder höre ich diese Stimme, ich weiß nicht, ob Seth noch in meiner Nähe ist oder ob diese Stimme nur in meinem Kopf existiert. »Du bist schuld!« Immer wieder: »Du bist schuld!«

Dann ist da ein Knistern, als würden Äste verbrennen, und nur wenige Zentimeter von mir entfernt lodert ein Feuer auf. Ich will mich noch enger an die Wand pressen, doch ich bin schon so nah herangerückt, dass nichts mehr dazwischenpasst. Ich starre mit zusammengekniffenen Augen auf das Feuer und weiß nicht, ob ich halluziniere, als sich die Flammen langsam in die Höhe erheben und darunter ein Gesicht auftaucht. Es ist Kendra. Kendra, deren Kopf in Flammen steht. Auch sie sieht mich vorwurfsvoll an und ruft mit einer viel zu hohen Stimme: »Was hast du mit mir gemacht? Ich werde hier verrecken! Und du bist schuld daran.« Ich wende meinen Kopf zur Seite, versuche, im Schein der Flammen einen Ausgang zu finden, irgendwo muss es doch hier rausge-

hen. »*Sieh mich gefälligst an, wenn ich mit dir rede*«, *kreischt sie, und ich halte mir die Ohren zu. Jetzt steht Seth neben ihr, er greift Kendras Hand, und gemeinsam rufen sie:* »*Du bist schuld! Du bist schuld!*«

Ich krümme mich zusammen und schluchze, immer lauter, ich fühle mich allein wie nie zuvor in meinem Leben. Ich kann nicht mehr. Die Bilder vor meinen Augen verblassen langsam, das Knistern des Feuers verstummt.

Um mich herum ist nur noch Stille und Dunkelheit.

13

»Mum? Dad? Irgendjemand zu Hause?« Vollkommen gerädert tappte Lily ins Wohnzimmer. Sie musste erst mal wieder richtig zu sich kommen, hatte das Gefühl, dass ihr Kreislauf noch nicht wieder ganz auf der Höhe war. Ihr Traum verstörte sie zutiefst, und sie überlegte, ob irgendeine tiefere Bedeutung dahintersteckte. Doch sie konnte nicht klar denken. Wie spät war es überhaupt? Und wo waren ihre Eltern? Ein Blick aus dem Fenster ließ sie vermuten, dass es Abend war. Und ihre Eltern waren wahrscheinlich immer noch in Seattle.

»Donna?«, rief Lily halbherzig, doch sie spürte irgendwie, dass niemand hier war.

Sie holte sich eine Flasche Wasser aus der Küche und setzte sich damit aufs Sofa. Sie versuchte, sich zu erinnern, was heute in der Schule passiert war. Die versammelten Schüler vor Raum 213 ... das Gespräch mit Ava ... und dann die Begegnung mit Travis. Danach waren ihr irgendwie die Beine weggesackt und sie hatte das Bewusstsein verloren – im Krankenzimmer der Schule war sie wieder zu sich gekommen, doch anstelle ihrer besten Freundin oder ihres Freunds hatte ihre Schwester neben ihr gesessen, die offenbar irgendjemand angerufen hatte.

Donna war außer sich vor Wut gewesen, nicht weil Lily in

Ohnmacht gefallen war, sondern weil sie es schlimm fand, wozu der Stress mit Kendra am Ende geführt hatte. Donna hatte dafür gesorgt, dass Lily für eine Woche aus dem Verkehr gezogen wurde und dank eines Attests vom Arzt nicht in die Schule musste.

Lily wusste nicht, ob sie das gut oder schlecht finden sollte – einerseits war es schön, eine Weile nicht den Blicken und dem Getuschel ausgesetzt zu sein, andererseits kam es bei den anderen sicher einem Schuldeingeständnis gleich, wenn sie nicht zum Unterricht erschien. Aber vielleicht würde ihr diese Auszeit helfen, die Dinge klarer zu sehen, einen Weg zu finden, mit dieser Situation umzugehen.

Sie ließ den Blick an sich hinuntergleiten – sie musste in ihren Klamotten auf dem Bett eingeschlafen sein – und nahm einen Schluck aus der Wasserflasche. Dann griff sie nach ihrem Handy und sah, dass eine neue Nachricht eingegangen war. Von Ava. Lilys Herz begann vor Aufregung zu rasen, als sie den kleinen Briefumschlag anklickte.

> Hey, sorry wegen vorhin. Aber das ist einfach alles so krass, muss mich selbst erst mal sortieren. Hoffe, alles wird gut.

Lily schluckte. Das war zwar nicht richtig scheiße, aber auch nicht wirklich gut. Ava war immer noch skeptisch, und Lily beschloss, sie einfach in Ruhe zu lassen. Doch eine Sache musste sie noch loswerden:

> Sagen eigentlich nicht alle, dass die Handys in Raum 213 nicht funktionieren? Warum kann sie dann Nachrichten verschicken? Hoffe auch, dass alles gut wird.

Nachdem sie die Nachricht abgeschickt hatte, sah sie, dass noch weitere Nachrichten eingegangen waren und ihre Seite bei Facebook nur so von Kommentaren wimmelte.

Wie krass bist du, bitte?
Du solltest selbst eingesperrt werden für diese Aktion!
Der Schrecken der Eerie High heißt nicht Raum 213, sondern Lily.
Yeah, Baby, ich steh auf so was, kannst du mich auch einsperren?

Das war ja abzusehen, dachte Lily und schleuderte ihr Handy in die Sofaecke.

Sie stand auf und beschloss, noch eine kleine Runde um den Block zu gehen. Einfach den Kopf ein bisschen durchpusten lassen und vielleicht auf andere Gedanken kommen. Also schlüpfte sie in ihre Sneakers und zog sich eine Jacke über, steckte den Schlüssel ein und öffnete die Tür. Kühle Luft schlug ihr entgegen und ließ sie sofort etwas wacher werden. Sie ging die Auffahrt hinunter und bog rechts ab, Richtung 43rd Street. Dort waren ein paar kleinere Läden, an deren Schaufenstern sie vorbeilaufen konnte, vielleicht würde sie sich danach noch irgendwo etwas zu essen holen und mit nach Hause nehmen.

Lily wusste nicht, wie lange sie draußen rumgelaufen war, doch es hatte ihr richtig gutgetan. Sie holte ihren Schlüssel aus der Jackentasche und ging die Auffahrt hoch. Als sie die Haustür fast erreicht hatte, entfuhr ihr ein entsetzter Laut. Dort, im Schatten, saß jemand und schien auf sie zu warten.

Sollte sie einfach wieder umdrehen und weglaufen?

»Wer ist da?«, fragte Lily und musste nicht lange auf eine Antwort warten. Die Person erhob sich und trat aus dem Schatten.

Natürlich.

Wer sonst.

»Was willst du?«, fragte Lily. »Du hast doch alles erreicht. Die Leute hassen mich, du kannst dich in aller Ruhe an meinen Freund ranwerfen – bitte schön.«

Innerlich verfluchte Lily sich dafür, dass sie ihr Handy nicht mitgenommen hatte, denn dann hätte sie ein Beweisfoto schießen können.

»Ich mache dir ein Angebot.«

»Na, da bin ich aber gespannt.«

»Ich tauche wieder auf und erzähle allen, dass ich einfach ein paar Tage abgehauen bin. Nix mit Raum 213. Ich könnte dich reinwaschen.«

»Von etwas, das ich nicht getan habe?«

»Überleg's dir. Ich würde nicht darauf wetten, dass du aus der Nummer von allein wieder rauskommst.«

Dieses verfluchte Aas.

»Und was ist der Deal?«, fragte Lily und ärgerte sich, dass sie sich überhaupt auf dieses Gespräch einließ. Damit saß Kendra mal wieder am längeren Hebel.

»Du lässt dich für eine Nacht von mir in Raum 213 einsperren.«

»Was?«, entfuhr es Lily. »Geht's noch, oder was?«

»Tja, hopp oder top.« Sie kam noch einen Schritt näher und stand nun ganz dicht vor Lily. »Ansonsten bleibe ich für immer verschwunden«, flötete sie. »Und du wirst immer die böse, böse Lily sein, die ein Mädchen auf dem Gewissen hat. Weil sie eifersüchtig war.«

Damit schob Kendra sich an Lily vorbei und verschwand wieder in der Dunkelheit. »Ich komme wieder«, rief sie noch über ihre Schulter zurück. »Dann kannst du mir sagen, wie du dich entschieden hast.«

Ihr gehässiges Gelächter verhallte in der Dunkelheit, doch es klang Lily noch lange in den Ohren.

Wütend stieß sie die Haustür auf, machte das Licht an und warf ihre Sachen auf den Fußboden. Dann lief sie ins Wohnzimmer und griff nach ihrem Handy. Das konnte doch echt nicht wahr sein! Sie tippte Avas Nummer, so schnell würde sie nicht aufgeben. So schnell würde sie nicht ihre beste Freundin sausen lassen. Es tutete am anderen Ende der Leitung. *Los, geh schon ran,* dachte Lily, *bitte!* Doch dann sprang nur die Mailbox an, und Lilys Herz zog sich zusammen, als sie Avas Ansage hörte, die sie an einem ihrer gemeinsamen Nachmittage aufgenommen hatte.

»Hey Ava, ich bin's. Gerade war Kendra hier, ich schwöre es bei meinem Leben. Sie hat mich bedroht, meinte, ich soll mich in Raum 213 einsperren lassen, dann würde sie sich wieder zeigen. Ava, das denke ich mir doch nicht aus! Bitte ruf zurück.« Sie schluckte. »Ich vermisse dich.«

Dann legte sie auf und ließ sich auf den Sessel fallen, in dem sonst immer ihr Vater saß und stundenlang die Zeitung studierte. Sie starrte einfach nur ins Leere. Noch nie hatte sie ihre Eltern so vermisst wie in diesem Moment. Sie hätten wahrscheinlich auch nicht viel tun können, aber sie wären einfach da gewesen und vielleicht hätten sie einen Rat gehabt oder sich irgendwie eingeschaltet. Sollte sie sie anrufen? Aber was würde das bringen, außer, dass ihre Eltern beunruhigt wären und ihre Reise womöglich abbrächen? Das wollte sie auch nicht. Und wo verdammt steckte überhaupt Donna? Hatte sie vorhin nicht gesagt, dass sie nur kurz wegwollte?

Lily schaltete den Fernseher ein, doch das Geschehen auf dem Bildschirm drang gar nicht zu ihr durch. *Am liebsten würde ich selbst abhauen,* dachte sie. *Einfach verschwinden, ans andere Ende der Welt, und so lange wegbleiben, bis das alles hier vorbei ist. Vielleicht sollte ich wirklich über Kendras Angebot nachdenken ... dann bin ich wenigstens erst mal aus der Schusslinie.*

Sie zappte lustlos weiter. Lily wusste natürlich, dass das eine Falle von Kendra war, niemals würde sie Lily nach einer Nacht wieder aus Raum 213 herauslassen. Nicht nur, weil sie böse und gehässig war, sondern ganz einfach, weil Raum 213 ein Eigenleben führte. Falls es Kendra – wie auch immer – gelingen sollte, die Tür zu öffnen, um Lily dort einzusperren, würde sie es sicher kein zweites Mal schaffen, um Lily auch wieder zu befreien. Andererseits könnte Lily auch so tun, als würde sie auf Kendras Angebot eingehen, denn es war überhaupt nicht gesagt, dass es funktionieren würde, die Tür überhaupt nur ein einziges Mal zu öffnen.

Mitten in ihre Überlegungen hinein klingelte plötzlich das Handy. Wer war das jetzt? Die Nummer auf dem Display sagte ihr schon mal nichts.

»Hallo?«, meldete sie sich.

»Hallo, Lily, hier ist Phil.«

Phil? Welcher Phil?

»Äh, ja, hallo«, erwiderte Lily. Vielleicht würde sie im Laufe des Gesprächs herausfinden, um wen es sich handelte.

»Ich hab dich doch neulich nach Hause gefahren. Du erinnerst dich?«

»Ja, natürlich. Wie geht's?« Phil, der hinter jedem Mädchen her war.

»Gut, danke. Das klingt jetzt total bescheuert, aber ehrlich gesagt spukst du mir seit diesem Tag im Kopf rum, und ich wollte dich fragen ... hast du vielleicht Lust, dich mit mir zu treffen?«

»Bist du nicht mehr mit Holly zusammen?« *Und hast du etwa noch nichts von Lily, der bösen, eifersüchtigen Furie, gehört?*, setzte sie in Gedanken hinzu.

»Nein, es ist aus zwischen uns.«

»Aha. Und was willst du jetzt von mir? Wie du vielleicht weißt, habe ich einen Freund.« *Auch wenn ich leider im Moment nicht weiß, ob er das wirklich noch ist ...*

»Ja, ich weiß. Ich hätte trotzdem Lust, dich näher kennenzulernen. Und außerdem ...«, er stockte für einen Moment, »könnte ich dir vielleicht in einer Sache weiterhelfen.«

Lily wurde hellhörig. »In welcher Sache?«

»Na ja, sagen wir es mal so: Ich habe gestern jemanden gesehen, der eigentlich als vermisst gilt.«

»Was? Kendra? Wo?«

»Das erzähle ich dir, wenn wir uns treffen.« Er lachte.

Lily hatte eigentlich keine Lust, sich auf eine solche Erpressernummer einzulassen, aber was blieb ihr anderes übrig?

»Kannst du gleich?« Lily sah auf die Uhr. Es war kurz nach halb neun. Wenn sie sich beeilte, konnte sie um neun Uhr irgendwo sein.

»Ja, das passt. Treffen wir uns bei Charlie's?«

Lily fröstelte, denn Charlie's war das Diner, in dem sie vor ein paar Tagen Kendra das erste Mal begegnet war. Als sie mit dem Auto auf sie zugerast war wie eine Irre. Auf die Schnelle fiel ihr allerdings auch keine bessere Alternative ein.

»Von mir aus.«

Lily legte auf und hatte das Gefühl, dass der schwere Stein

auf ihrem Herzen ein kleines bisschen leichter geworden war. Es gab Hoffnung. Wenn Phil Kendra gesehen hatte, dann wäre das hoffentlich das Ende dieses Albtraums.

Als Lily das Diner betrat, saß Phil schon da. Er hatte einen Platz am Fenster gewählt, damit auch jeder sehen konnte, dass sie sich hier trafen. Sie ging auf den Tisch zu und Phil erhob sich wie ein Gentleman. Er half ihr aus der Jacke und hängte sie auf.

»Schön, dass du Zeit hast«, sagte Phil, und Lily musste feststellen, dass ihre Erinnerung ihr einen Streich gespielt hatte. Sie hatte Phil irgendwie als einigermaßen gut aussehend abgespeichert, doch der Phil, der hier vor ihr saß, war ein schmieriger Typ mit fettigen Haaren und Pickeln. Das konnte ja ein toller Abend werden.

»Ja, muss aber auch schnell wieder los. Meine Mum wartet mit dem Abendessen«, log sie. »Aber cool, dass du mir helfen kannst.«

»Was meinst du?«, fragte Phil und sah Lily verständnislos an.

»Na ja, du hast doch gesagt, dass du Kendra gesehen hast. Wann und wo war denn das genau? Hast du das schon der Polizei gesagt?«

»Ich habe keine Ahnung, wovon du redest. Ich kenne diese Kendra überhaupt nicht, hab sie nie gesehen.«

Lily hatte das Gefühl, im falschen Film zu sein. Mal wieder.

»Phil, ich bin doch nicht bescheuert. Vor einer halben Stunde hast du am Telefon behauptet, du könntest mir weiterhelfen, weil du Kendra gesehen hast. Weißt du, wie wichtig das wäre? Ich werde für etwas verantwortlich gemacht, das ich nicht getan habe! Kein tolles Gefühl, kann ich dir versichern. Also, hast du sie gesehen oder nicht?«

»Nein«, sagte er und schüttelte den Kopf. »Da musst du irgendwas falsch verstanden haben.«

Die Bedienung kam an den Tisch und fragte nach den Getränkewünschen.

»Für mich nichts, danke«, sagte Lily – und an Phil gewandt: »Dann kann ich jetzt ja wieder gehen.« Sie erhob sich von ihrem Stuhl, doch Phil legte schnell seine Hand auf ihre.

»Nein, bitte bleib noch. Wenn du willst, kann ich doch behaupten, ich hätte sie gesehen. Auch wenn das nicht stimmt.« Er gab der Bedienung ein Zeichen, woraufhin diese verschwand. Lily wusste nicht, ob sie einfach gehen oder sich noch einmal hinsetzen sollte.

»Echt, komm. Wir überlegen uns was. Ich sage einfach, dass sie mir gestern Abend in der Mall über den Weg gelaufen ist.«

»Mann, das bringt mir aber nichts. Am Ende verstrickst du dich in irgendwelche Widersprüche und dann stehe ich noch blöder da als vorher.«

»Aber einen Versuch wäre es doch wert«, sagte er mit einem Lächeln.

»Nee, nee, lass mal. Ich gehe jetzt.«

»Warte, ich hole dir deine Jacke.« Er sprang auf und half Lily in die Jacke – eine Geste, die sie vollkommen übertrieben fand. Dann drehte er sie zu sich herum und sein Gesicht war plötzlich ganz nah vor ihrem. Sie wollte sich aus seinem Griff befreien, doch er hielt sie fest. Und plötzlich presste er seine Lippen auf Lilys. Die wusste überhaupt nicht, wie ihr geschah, aus einem Reflex heraus trat sie ihm zwischen die Beine, woraufhin er sofort von ihr abließ.

»Hast du sie noch alle?«, fuhr Lily ihn an, während er sich vor Schmerz krümmte. »Du bist doch echt krank!«

Die entsetzten Blicke der anderen folgten ihr, als sie wutentbrannt aus dem Diner stürzte.

»Und du bist echt dumm!«, brüllte Phil ihr hinterher, doch das nahm sie schon kaum mehr wahr.

14

Die nächsten Tage verbrachte Lily wie in Trance. Sie war nicht in der Schule gewesen und hatte mit so gut wie niemandem gesprochen. Ihre Eltern waren aus Seattle zurückgekehrt, doch nach der anfänglichen Erleichterung, die beiden endlich wieder um sich zu haben, war Lily inzwischen nur noch genervt. Ihre Mutter arbeitete nicht, deshalb tigerte sie genau wie Lily im Haus herum und hatte immer wieder gut gemeinte Tipps parat. »Du musst dich dieser Sache stellen« oder »Wenn du dich verkriechst, reden die Leute nur noch mehr« oder »Langsam solltest du wirklich wieder in die Schule gehen. Du verpasst doch so viel«.

Den Höhepunkt der ganzen Kendra-Affäre hatte es für Lily einen Tag nach ihrem Treffen mit Phil gegeben. Natürlich, im Nachhinein fragte sie sich wieder mal, wie sie so naiv hatte sein können. Travis hatte ihr eine Nachricht geschickt und lediglich gefragt: Dann war's das jetzt also? Darunter ein Foto, das Lily und Phil zeigte – wie sie sich küssten.

Wieder eine Falle, in die Lily getappt war, Kendra musste vor dem Fenster des Diners gestanden und das Foto gemacht haben.

Lily hatte geschrien und das Handy wütend in die Ecke

geworfen, seitdem war sie vollkommen lethargisch und hockte die meiste Zeit nur noch auf ihrem Bett. Kendra hatte es geschafft. Sie hatte Lilys Leben komplett zerstört.

Wie auch schon die letzten Tage lag Lily auf ihrem Bett und starrte an die Decke. Ihr Kopf war leer, unfähig, noch irgendeinen Gedanken hervorzubringen. Sie wusste nicht, was sie jetzt tun sollte, wie es sein würde, wenn sie am Montag wieder in die Schule ging. Sie hatte alle Szenarien durchgespielt, doch es war keins dabei gewesen, auf das sie sich gefreut hätte.

Jemand klopfte an die Tür, sicher wieder ihre Mutter, die irgendetwas von ihr wollte. Lily sagte nichts, denn sie wusste, dass sich die Tür auch ohne ihr »Herein« öffnen würde. Und richtig. Doch es war nicht Mum, sondern Donna, die wie ein Orkan ins Zimmer stürmte. Sie strahlte über das ganze Gesicht.

»Hast du es schon gehört?«, fragte sie und warf sich zu Lily aufs Bett.

»Was?«, fragte Lily gelangweilt.

»Diese Kendra ist wieder aufgetaucht!«

Sofort schoss Lily hoch und starrte Donna mit weit aufgerissenen Augen an. »Ist nicht dein Ernst!«

»Doch, sie kam wohl heute Morgen in die Schule, als sei nichts gewesen. Hat mir Kylie erzählt, ihre Schwester ist doch bei dir in Geografie, oder?«

»Ja.« Mehr brachte Lily nicht heraus, denn kaum waren Donnas Worte in ihr Gehirn vorgedrungen, begann Lily, hemmungslos zu weinen. Die Anspannung der letzten Tage fiel wie eine zentnerschwere Last von ihr ab, endlich hatte das Grauen ein Ende.

»Hey, meine Kleine.« Donna rückte ganz dicht an Lily heran und drückte sie an sich. Lily konnte kaum atmen zwischen den Schluchzern, ihr ganzer Körper bebte. »Pssst«, machte Donna. »Jetzt ist doch alles gut. Das wird sich alles aufklären, versprochen.« Sie strich Lily über den Kopf, woraufhin Lily nur noch mehr weinen musste. Nach einer gefühlten Ewigkeit beruhigte sie sich langsam und wischte sich die Tränen weg.

»Soll ich dir ein Glas Wasser holen?«, fragte Donna besorgt, und Lily nickte. »Ja, danke.« Lily fühlte sich ausgelaugt – nicht nur von den Tränen, auch von den letzten schlimmen Tagen.

Donna kam mit einem Glas und einem Schälchen M&Ms zurück und Lily erhob sich vom Bett. »Hier, Schokolade ist immer noch der beste Seelentröster.«

Lily ertappte sich dabei, wie ein Grinsen über ihre Lippen huschte. Sie nahm erst einen Schluck Wasser und steckte sich dann ein paar M&Ms in den Mund.

»Und weißt du irgendwas Näheres?«, fragte sie.

»Nicht viel. Sie behauptet wohl weiterhin, dass sie in Raum 213 gefangen war, weil du sie eingesperrt hast. Angeblich ist es ihr gelungen, sich zu befreien.«

»Diese dämliche Lügnerin«, sagte Lily, doch Donna winkte nur ab.

»Hey, das ist bald vergessen. Lass sie doch labern, das wird sie sowieso nie beweisen können. Das Wichtigste ist, dass sie wieder da ist.«

»Aber Travis bringt mir das auch nicht zurück«, entgegnete Lily betrübt und hätte beinahe wieder angefangen zu weinen.

»Ach, wart's ab. Das wird auch wieder. Die Polizei verfolgt

die Sache wohl auch nicht weiter, für die ist nur wichtig, dass Kendra wieder aufgetaucht ist.« Sie wuschelte Lily durch die Haare – eine Angewohnheit, die Lily hasste – und fügte hinzu: »Jetzt aber mal Kopf hoch, Kleine! Am Montag gehst du wieder in die Schule und dann wird sich alles finden. Ist doch immer so.«

»Na gut, wenn du meinst.« Lily stopfte sich die letzten M&Ms in den Mund und setzte sich an ihren Schreibtisch. Sie starrte auf den ausgeschalteten Bildschirm und überlegte, was sie jetzt tun sollte.

»Ich seh schon, ich werd hier nicht mehr gebraucht«, sagte Donna. »Und falls doch – du weißt ja, wo du mich findest.«

Im Rausgehen schaltete sie noch Lilys Anlage an, drückte auf ein paar Knöpfen herum und kurz darauf ertönte die rauchige Stimme des *Scarab*-Sängers. Lilys Nackenhaare stellten sich auf, sie konnte nicht sagen, ob aus einem positiven oder negativen Impuls heraus. Einerseits liebte sie dieses Lied, insbesondere den Refrain, gleichzeitig war der Song mit so vielen schmerzvollen Erinnerungen verbunden, dass sie es am liebsten ausgeschaltet hätte. Es kam ihr wie eine Ewigkeit vor, dass sie mit Ava und Travis auf dem Konzert gewesen war, sie hatten einen tollen Abend verbringen wollen, der in eine absolute Katastrophe gemündet war.

Wieder wurde ihr schmerzlich bewusst, wie sehr sie die beiden vermisste. Würden sie nun, wo Kendra wieder da war, alle aufeinander zugehen können?

Oder würden die beiden Lily immer noch vorhalten, dass sie Kendra eingesperrt hatte?

Lily überlegte, ob es jemals wieder wie vorher werden

könnte. Wahrscheinlich nicht. Wahrscheinlich würde diese Sache immer zwischen ihnen stehen, selbst wenn Lilys Unschuld irgendwann bewiesen wäre.

Lily drehte sich mit ihrem Schreibtischstuhl von rechts nach links und schaltete dann den Computer ein. Vielleicht würde sie Ava eine E-Mail schicken, sie musste es einfach noch mal versuchen. Und schreiben fiel ihr leichter als anrufen. Sie öffnete ihr Mailprogramm und fand ein paar Nachrichten von anderen Freunden, die ihr sagten, dass Kendra wieder zurück sei und sie die Geschichte, die Kendra erzählte, nicht glaubten.

Lily spürte, wie sich Enttäuschung in ihr breitmachte, Enttäuschung darüber, dass sie weder von Ava noch von Travis eine Nachricht bekommen hatte. Travis war bestimmt noch sauer wegen des Fotos, vielleicht konnte Lily Phil irgendwie dazu bekommen, die Wahrheit über diesen Abend zu erzählen. Aber das war wohl eher unwahrscheinlich.

Ich möchte mal wissen, womit Kendra ihn bestochen hat, damit er den Lockvogel spielt, dachte Lily. *Wahrscheinlich hat sie ihm einen Kuss versprochen. Egal, darüber mache ich mir jetzt keine Gedanken mehr.*

Sie rückte ihren Stuhl ganz dicht an den Schreibtisch heran und setzte sich gerade hin. Dann begann sie zu schreiben.

Liebe Ava,
keine Ahnung, wo ich anfangen soll, denn es ist so viel passiert. Ich weiß, dass du erst mal deine Gedanken sortieren wolltest, aber ich vermisse dich, und irgendwie sollten wir zwei es doch hinkriegen, diese Sache aus der Welt zu schaf-

fen, oder? Wir sind schon so lange befreundet, das darf doch nicht einfach so kaputtgehen ...
Die letzte Zeit war nicht leicht für mich, aber das war sie sicher für niemanden. Es tut einfach verdammt weh, wenn man plötzlich nicht mehr weiß, ob die beste Freundin noch hinter einem steht. Ich sage es ein letztes Mal, dann werde ich dich nicht mehr damit nerven: Ich habe Kendra nicht eingesperrt. Vielleicht glaubst du mir ja irgendwann oder meine Unschuld wird irgendwie offiziell bewiesen. Oder Kendra gibt zu, dass sie sich das alles nur ausgedacht hat. Ich weiß nicht, warum sie es dermaßen auf mich abgesehen hat, aber das bilde ich mir wirklich nicht ein. Und eigentlich müsstest du auch bemerkt haben, wie sie versucht hat, einen Keil zwischen uns und zwischen Travis und mich zu treiben. Mir ist klar, dass ich mich manchmal auch nicht so toll verhalten habe und ziemlich eifersüchtig war. Aber das zeigt doch auch nur, wie viel ihr mir bedeutet!
Ich hoffe so sehr, dass wir uns wieder zusammenraufen, dass alles so wird wie früher. Vielleicht hast du ja Lust, dich am Wochenende mit mir auf einen Kaffee im Rembrandt's zu treffen? Ich würde so gerne mal wieder richtig mit dir quatschen.
Lily xxx

Nachdem Lily sich den Text noch einmal durchgelesen und ihn für gut befunden hatte, klickte sie auf »Senden«. Beinahe zeitgleich kam eine neue Mail rein – von Ava.

Telepathie, dachte Lily. *Also ist unser Freundinnenband doch noch nicht ganz durchtrennt.*

Lily klickte die Nachricht mit dem Betreff »Heute Abend« an. Wollte Ava sich mit ihr treffen und sich endlich aussprechen? War das Wiederauftauchen von Kendra der entscheidende Punkt gewesen, die Funkstille zu beenden?

Doch als Lily die E-Mail öffnete, schluckte sie schwer. Es war keine persönliche Nachricht an sie, sondern eine Rundmail an einen Haufen Leute.

Welcome back!
Kendra ist zurück und das wollen wir feiern.
Wann: Heute Abend ab 20 Uhr
Wo: 536 Primrose Lane, Eerie
Da das alles etwas kurzfristig ist, müssen wir improvisieren.
Bringt also gerne etwas zu trinken mit, und wer Lust hat, kann auch einen Salat machen.

In Lily krampfte sich alles zusammen. Ava und Kendra, die zwei Unzertrennlichen. Wenn die geliebte Freundin wieder auftauchte, wurde sofort eine riesige Feier geschmissen.

Hör auf damit, Lily, ermahnte sie sich selbst. *Deine Eifersucht ist dir schon einmal zum Verhängnis geworden. Jetzt reiß dich zusammen, und überleg dir genau, was du tust.*

Auf der einen Seite hatte Lily natürlich überhaupt keine Lust, zu dieser Party zu gehen. Schon gar nicht, wenn sie sich vorher nicht mit Ava ausgesprochen hatte. Warum hatte sie ihr die Rundmail geschickt und nicht einfach den Inhalt in eine persönliche Nachricht kopiert und noch irgendwas dazugeschrieben?

Andererseits war es vielleicht kein schlechtes Zeichen, dass Lily überhaupt eingeladen wurde, schließlich galt sie ja noch bis gestern als die Hauptschuldige in dieser ganzen Sache. Ob das ein Friedensangebot war, das Lily in jedem Fall annehmen sollte? Aber war Kendra allen Ernstes damit einverstanden gewesen, Lily einzuladen? Wahrscheinlich gab sie sich großzügig und würde vor den anderen das Mädchen mit Herz mimen, das ihrer durchgeknallten Widersacherin verzieh.

»Donna«, rief Lily leicht verzweifelt.

Als hätte sie nur auf diesen Hilferuf gewartet, stand Donna sofort neben Lilys Schreibtisch. Sie hatte sich umgezogen, trug ein schwarzes, tief ausgeschnittenes Kleid und hohe Stiefel. An ihren Handgelenken klimperten Armreifen, nur geschminkt war sie nicht.

»Was hast du denn vor?«

»Ach, ich treffe mich später mit Brad und wollte schon mal ein paar Outfits anprobieren.«

Lily konnte sich ein Grinsen nicht verkneifen. »Aha. Brad also. Sieht auf jeden Fall gut aus, was du da anhast.«

»Ja, ich glaub auch, das nehm ich.«

»Wenn du willst, kannst du meine Kette haben.« Lily hatte eine lange silberne Kette mit einer kleinen strassbesetzten Kugel als Anhänger, die Donna ihr permanent abschwatzen wollte. Jetzt strahlte sie über das ganze Gesicht. »Danke! Aber jetzt sag, warum hast du mich gerufen?«

Lily deutete mit dem Kopf auf den Bildschirm und Donna begann zu lesen. »Das ist nicht ihr Ernst, oder?«

»Tja, anscheinend schon.«

»Los, ruf sie an.« Donna nahm Lilys Handy vom Nachttisch und drückte es ihr in die Hand. »Ich weiß, dass das nicht leicht ist, aber du musst mit ihr sprechen, bevor du auf diese Party gehst. Du willst da doch hin, oder?«

Lily war immer noch hin und her gerissen. Einerseits wäre es ein Statement, wenn sie dort auftauchte: *Hey, hier bin ich! Hätte ich Kendra wirklich eingesperrt, würde ich mich doch nicht auf dieser Party blicken lassen und sie willkommen heißen, oder?*

Andererseits hatte sie Angst vor der Reaktion der anderen, dem Getuschel und den Blicken. Doch Lily wusste, dass das ihre einzige Chance war. Sie starrte auf das Telefon in ihrer Hand und wählte Avas Nummer. Mit einer wedelnden Handbewegung gab sie Donna zu verstehen, aus ihrem Zimmer zu verschwinden, auch wenn Lily wusste, dass sie an der Tür lauschen würde.

Schon nach dem ersten Klingeln hob Ava ab. »Lily?«, sagte sie.

Lily schluckte, bevor sie den ersten Ton hervorbrachte. »Hey, danke für die Einladung.«

»Kommst du?«, fragte Ava, und Lily konnte nicht deuten, ob der Unterton freundlich oder doch eher spitz war.

»Schon«, sagte Lily. »Wenn es okay ist für euch.«

»Sonst hätten wir dich ja nicht eingeladen.«

Da war es wieder, dieses »wir«, das Lily einen Stich versetzte.

»War übrigens Kendras Idee«, fügte Ava hinzu. »Sie hat offensichtlich vor, dir diese Aktion zu verzeihen. Meinte, dass du wohl ganz schön neben dir gestanden hättest und gar nicht wusstest, was du da tust.«

Lily versuchte, die Wut zu unterdrücken, die sich in ihr breitmachte. »Das freut mich«, entgegnete sie und setzte schnell hinterher: »Verzeihst du mir denn auch?«

Lily spürte, wie Avas coole Fassade zu bröckeln begann. »Ich … Ehrlich gesagt weiß ich immer noch nicht, was ich an der Geschichte glauben soll und was nicht.« Sie zögerte. »Du bist meine beste Freundin. Irgendwie kann ich mir nicht vorstellen, dass du zu so etwas fähig bist. Andererseits waren diese Videos von Kendra total real. Und du warst darauf zu sehen ...«

Lily schwieg. Vielleicht musste sie einfach die Zeit für sich spielen lassen, die irgendwann die Wahrheit ans Tageslicht bringen würde.

»Ich hab dich vermisst«, sagte sie dann leise.

»Ich dich auch«, gab Ava genauso leise zurück. »Und ich würde mich echt freuen, wenn du heute Abend auf der Party dabei bist.«

»Kommt Jonah eigentlich auch?«, fragte Lily und war erleichtert, als Ava sofort darauf ansprang. »Ja, und was meinst du, wie mir die Knie schlottern. Ich weiß gar nicht, was ich anziehen soll. Lieber das grüne Kleid oder den Jeansrock mit dem dunkelblauen Paillettentop?«

»Auf jeden Fall das Kleid«, sagte Lily.

»Danke«, antwortete Ava. »Und nicht nur dafür.« Sie fügte nichts mehr hinzu, und Lily fand, dass sie damit mehr gesagt hatte, als wenn darauf noch irgendeine Erklärung gefolgt wäre. Sie kannte Ava. Das war ihr Dank für die Mail, für diesen Anruf und dafür, dass Lily ihr ihre Anschuldigungen und ihre Skepsis nicht nachtrug, sondern immer wieder einen Schritt auf sie zu gemacht hatte. Dass sie an ihre Freundschaft glaubte. Lily hoffte nur, dass Ava das ebenfalls tat – auch wenn es im Moment nur vage danach aussah.

Vielleicht würde das am Ende doch noch ein überraschend netter Abend werden. Jedenfalls war es gut, dass Lily und Ava vorher noch einmal gesprochen hatten, denn jetzt freute sich Lily sogar ein klitzekleines bisschen auf diese Party. Vielleicht wäre Travis auch da, und sie hätte die Möglichkeit, einige Dinge richtigzustellen.

Vielleicht wäre nach dieser Party alles besser.

Zumindest ein wenig.

Trotzdem hörte sie eine leise Stimme in ihrem Inneren, die sie zur Vorsicht mahnte. Der Abend konnte genauso gut in einer Katastrophe enden.

15

»Mach das Beste draus!«, sagte Donna und gab Lily einen Kuss auf die Wange. Lily öffnete die Beifahrertür und stieg aus. Wenn diese ganze Sache hier ein Gutes hatte, dann die Erkenntnis, dass ihre Schwester echt nett sein konnte. Und dass in der Not Verlass auf sie war.

»Danke, du aber auch«, gab Lily zurück.

»Und wenn was ist, dann ruf mich an, ja?«

»So weit kommt's noch, dass ich dir dein Date mit Brad versaue. Keine Sorge, das schaff ich schon.«

»Trotzdem.«

»Danke, Schwesterherz«, sagte Lily und warf dann die Tür zu. Als Donna davonbrauste, winkte sie ihr hinterher.

Und nachdem die Rücklichter in der Dämmerung verschwunden waren, machte sich ein mulmiges Gefühl in Lilys Magengegend breit. War es wirklich die richtige Entscheidung gewesen, auf diese Party zu gehen?

Los, du gehst da jetzt rein, sagte sie sich energisch. *Mit Ava ist alles in Ordnung und die anderen werden dir auch nicht den Kopf abreißen. Außerdem bist du unschuldig!*

Lily straffte ihren Oberkörper und ging die Auffahrt zu Avas Haus hoch.

Aus den geöffneten Fenstern drangen Musik und Stimmengewirr, die Party schien schon in vollem Gange zu sein.

Die Haustür stand offen, doch obwohl Lily hier bis vor Kurzem noch wie selbstverständlich ein und aus gegangen war, traute sie sich nicht recht, einen Fuß über die Schwelle zu setzen. Sie fühlte sich fremd in dem Haus ihrer besten Freundin – und wem hatte sie das zu verdanken?

Hör auf damit! Es ist eine große Geste, dass du heute hier sein darfst, da musst du gute Miene zum bösen Spiel machen. Du musst erst mal Avas Vertrauen zurückgewinnen, dann kannst du dich über Kendra ärgern.

Bevor sie noch länger wie ein begossener Pudel vor der Haustür stand und vielleicht schon hämisch von irgendwelchen Gästen beobachtet wurde, fasste sie sich ein Herz und ging hinein.

Es waren schon einige Leute da, Lily hielt verzweifelt Ausschau nach irgendjemandem, den sie kannte. Sie brauchte einen Rettungsanker, denn nichts war peinlicher, als allein auf einer Party zu stehen und das Gefühl zu haben, von allen angestarrt zu werden.

»Na, Süße!«, hörte sie eine Stimme an ihrem Ohr wispern und drehte sich ruckartig um. Phil. Der hatte ihr zu ihrem Glück auch noch gefehlt. »Hast du es dir noch mal überlegt mit uns beiden?« Er grinste überheblich. »Kendra ist zwar wieder frei«, fuhr er fort, »aber an deine Unschuld glaubt hier trotzdem niemand.«

»Lass mich einfach in Ruhe«, sagte Lily und bemühte sich, möglichst gelassen zu klingen. Sie drehte sich um und ließ Phil stehen. Rechts von ihr kicherten zwei Mädchen, die sie nur flüchtig kannte, und zeigten mit dem Finger auf sie. Das war ja schon mal ein ganz toller Start.

Im Wohnzimmer waren die Möbel zur Seite gerückt, nur das große Sofa und die zwei Sessel befanden sich noch an ihrem alten Platz und wurden belagert. Lily ließ ihren Blick schweifen und hoffte, Ava irgendwo zu entdecken, doch im Wohnzimmer schien sie nicht zu sein. Also wandte sie sich wieder um und ging in die Küche, dort war ein kleines Buffet aufgebaut und eine Bar eingerichtet.

Ava streckte sich gerade nach dem obersten Schrankfach, um ein paar Gläser herauszuholen. Sie hatte tatsächlich das grüne Kleid angezogen und darüber den schwarzen Cardigan, den Lily ihr vor ein paar Wochen geliehen hatte. »Die Küche ist noch Tabuzone!«, rief Ava über ihre Schulter hinweg. »Geht erst mal alle ins Wohnzimmer.«

»Ich dachte, dass ich dir vielleicht ein bisschen helfen könnte«, sagte Lily und sah, dass Ava leicht zusammenzuckte. Dann drehte sie sich um und blickte Lily eine gefühlte Ewigkeit in die Augen, als würde sie darin noch einmal Antworten auf all ihre Fragen suchen. Sie legte den Kopf schief und fing an zu grinsen, dann machte sie zwei Schritte auf Lily zu und fiel ihr um den Hals. Die beiden hielten sich einfach nur fest, ohne etwas zu sagen, und Lily hätte weinen können vor Erleichterung. Das hier war zumindest ein Anfang, auch wenn der Weg zurück zu dem, was die beiden vorher hatten, wahrscheinlich noch steinig sein würde. Aber jetzt zählte erst mal dieser Moment.

»Ich hab dich vermisst«, sagte Ava nach einer Weile und dann: »Es tut mir leid.«

Lily befreite sich aus der Umarmung und musste sich jetzt doch eine Träne wegwischen, auch Ava schien dieser Moment nahezugehen.

»Lass uns versuchen, dahin zu kommen, wo wir vorher waren«, sagte Lily. »So eine Freundin wie dich findet man nämlich so schnell kein zweites Mal.«

»Tolle Freundin, die dich nicht mal angehört hat … das war echt daneben von mir. Aber diese ganze Geschichte ist einfach –«

»Lass uns wann anders drüber reden, okay? Ich glaube, heute ist nicht der richtige Zeitpunkt dafür.«

»Oh, wen haben wir denn da?«, rief plötzlich eine Stimme hinter Lily. »Die Kerkermeisterin persönlich? Suchst dir wohl schon das nächste Opfer, jetzt, wo Kendra wieder frei ist, was?«

»Mitch, verpiss dich!«, sagte Ava. »Wenn du Ärger willst, geh nach Hause.«

»Schon gut, schon gut«, sagte Mitch, den Lily flüchtig als Mitglied des Footballteams identifizierte, und verschwand wieder.

»Danke«, sagte Lily.

»Klar.« Ava ging zur Anrichte und holte zwei Gläser. »Und jetzt mixen wir uns was Schönes, okay?«

»Okay. Aber vorher helfe ich dir noch, den Rest hinzustellen.«

»Na gut. Und dann wird gefeiert bis morgen früh.«

Nach dem ersten Cocktail fühlte Lily sich leicht und fast schon unbeschwert, das Wohnzimmer füllte sich langsam und alle quatschten fröhlich vor sich hin. Lily hatte sich eine ganze Weile mit Laura unterhalten, der Schwester einer engen Freundin von Donna, während Ava seit einiger Zeit mit Jonah redete. Lily hatte das Gefühl, dass Jonah keineswegs abgeneigt war, er berührte immer wieder Avas Hand und seine Augen ließen keine Sekunde von Ava ab. Hin und wieder warf Ava einen flüchtigen Blick zu Lily rüber, den sie mit einem Augenzwinkern oder nach oben gestreckten

Daumen quittierte. Lily war überzeugt davon, dass die zwei später noch knutschen würden. Der Gedanke daran versetzte ihr einen leichten Stich – nicht, weil sie es Ava nicht gönnte, sondern weil ihr wieder schmerzlich bewusst wurde, wie sehr sie Travis vermisste. Wie gerne würde sie noch einmal mit ihm sprechen, versuchen zu erklären, was passiert war. Ava schien ihr doch auch eine zweite Chance zu geben! Doch im Moment war es sowieso fraglich, ob Travis hier auftauchen würde, bisher war er noch nicht da. Auch die eigentliche Hauptperson des heutigen Abends fehlte – Kendra.

Lily legte keinen großen Wert auf deren Anwesenheit, aber komisch war es schon. Wahrscheinlich wollte sie sicherstellen, dass auch wirklich alle Leute da waren, damit sie ihren Auftritt besonders zelebrieren konnte.

Lily beschloss, in die Küche zu gehen und sich noch einen Cocktail zu mixen, als sich im Flur plötzlich eine Art Spalier bildete. Die Leute stoben auseinander, um sich an die Wand zu pressen, als würden der Präsident und die First Lady persönlich erwartet. Doch nicht für Lily wurde dieses Spalier gebildet, sondern für die Person, die jetzt vor der Haustür stand.

Kendras rotes Haar leuchtete, als stünde es in Flammen, ihr Gesicht war auffällig geschminkt, und sie trug ein enges silbernes Kleid, das kurz unter dem Po schon wieder aufhörte. Ihre Absätze waren so hoch, dass Lily keinen einzigen Schritt damit hätte gehen können, und wäre Lily nicht derart geschockt von Kendras Erscheinung gewesen, hätte sie vielleicht mit in die »Ohs« und »Ahs« der anderen eingestimmt.

Wie auf Kommando knipste Kendra ihr Lächeln an und setzte den ersten Schritt über die Schwelle. *Gelungener Auf-*

tritt, dachte Lily und im nächsten Moment: *Scheiße, das darf nicht wahr sein!*

Hinter Kendra betrat Travis das Haus, was vielleicht nicht so schlimm gewesen wäre, hätte er nicht ihre Hand festgehalten. Sie zog ihn hinter sich her, gemeinsam durchschritten sie das Spalier, ein paar Leute klatschten sogar.

Lily wich einen Schritt zurück, in keinem Fall wollte sie hier in der Reihe mit den anderen stehen und das neue Traumpaar willkommen heißen.

Plötzlich spürte sie eine Hand an ihrem Arm. »Das wusste ich nicht! Ziemlich heftig, oder?«

Lily drehte sich zu Ava um und schüttelte nur stumm den Kopf, am liebsten wäre sie kreischend aus dem Haus gelaufen und nach Hause gerannt. Aber sie musste jetzt stark sein, musste dieses Schauspiel ertragen und die Fassung wahren. Irgendwann würde Ava merken, was Kendra für eine falsche Schlange war, dass sie diese ganze kranke Aktion offenbar nur angezettelt hatte, um Travis für sich zu gewinnen. Das hätte sie sicher auch einfacher haben können.

Lily beobachtete Travis und fand, dass er nicht wirklich glücklich aussah, wie er da hinter Kendra hertrottete. Aber das war vielleicht auch nur eine Wunschvorstellung. Sie fixierte ihn mit ihrem Blick, hoffte, er würde nur ein einziges Mal zu ihr sehen, doch er schien sie bewusst zu meiden.

»Was mach ich denn jetzt?«, fragte Lily an Ava gewandt.

»Augen zu und durch, würde ich sagen. Die können ja noch nicht lange zusammen sein, also erst mal abwarten. Oh Mann, das ist doch alles der totale Irrsinn!«

»Vielleicht war das ja ihr Ziel«, sagte Lily, obwohl sie eigentlich nichts hatte sagen wollen. »Mich komplett fertig-

und bei allen schlechtmachen, um am Ende als strahlende Königin mit ihrem Gemahl vor uns zu stehen.«

»Wenn ich diesen Auftritt hier sehe, glaube ich das langsam auch«, sagte Ava.

Lily wurde hellhörig – hatte Ava eben wirklich gesagt, dass sie ihr eventuell, unter gewissen Umständen etwas *glaubte*? Mit diesen Worten breitete sich eine leichte Zuversicht in Lily aus. Avas Bild von der perfekten Kendra schien offenbar zu bröckeln, vielleicht war es nur noch eine Frage der Zeit, bis ihr Spiel aufflog und allen Leuten die Augen geöffnet wurden. Aber Lily durfte sich nicht zu früh freuen, schließlich war sie in den letzten Tagen oft genug auf die Nase gefallen.

»Jetzt ziehen wir das durch«, sagte Ava, mehr zu sich selbst, und ging auf Kendra zu. Sie umarmten sich, und Ava rief laut: »Herzlich willkommen zurück! Lasst uns anstoßen auf die Freundschaft, die Liebe und das Leben!« Sie hob ihr Glas und alle anderen begannen zu johlen. Auch Travis stimmte ein und pfiff ein paarmal auf den Fingern. *Passt gar nicht zu ihm,* ging es Lily durch den Kopf, *aber wenn er meint.*

Lily beschloss, sich dieses Schauspiel noch kurz anzusehen und dann zu verschwinden. Das musste sie sich nun wirklich nicht geben. Doch bevor sie einen zweiten Anlauf in Richtung Küche nehmen konnte, zog Kendra Travis demonstrativ zu sich heran und gab ihm einen langen Kuss, den er erwiderte.

Lily spürte einen Stich im Herzen, als hätte Kendra ihr ein Messer in die Brust gerammt und anschließend mit einem Ruck herumgedreht. Auch wenn es vielleicht nur Show war, dieser Anblick brannte sich bei Lily ein und würde sie so schnell nicht loslassen. Wütend bahnte sie sich den Weg in die Küche und trank erst mal ein ganzes Glas Wasser leer. Dann mischte sie sich Rum mit Cola und überlegte, ob sie wirklich noch bleiben oder doch besser gleich verschwinden sollte. Sie entschied sich für Gehen, doch vorher musste sie aufs Klo.

Sie stellte ihr Glas ab und ging auf den Flur, doch die Toilettentür war abgeschlossen. Und während sie sich gegen die Wand lehnte und wartete, kam natürlich Kendra auf sie zugestöckelt. Sie grinste überheblich und sagte: »Na, freust du dich, mich wiederzusehen?«

»Kann mir nichts Schöneres vorstellen«, entgegnete Lily sarkastisch.

»Ist es nicht wahnsinnig nett von mir, dass ich dich zu meiner Willkommensparty eingeladen habe? Ich denke, das kommt auch bei den anderen gut an ...«

»Laber wen anders voll, ja?«, gab Lily zurück, doch Kendra fuhr unbeirrt fort: »Jetzt habe ich fast alles, was ich wollte. Deine Freundin, deinen Freund – nur du störst mich noch.«

»Was willst du von mir? Wie du gerade schon festgestellt hast, gehört dir doch jetzt alles – meine Freundin, mein Freund. Eine Schwester und Eltern hätte ich noch im Angebot.«

Neben Lily öffnete sich die Klotür und zwei Mädels kamen heraus. Lily ließ Kendra stehen und schob sich an den beiden Blondinen vorbei. In dem Moment, als sie die Tür zuziehen wollte, schob sich Kendras Stöckelschuh dazwischen.

»Ich bin noch nicht fertig mit dir«, zischte sie.

»Nimm den Fuß weg!«, sagte Lily und schlug mit der Tür dagegen.

»Ich will, dass du verschwindest«, zischte Kendra.

»Keine Sorge, ich bleib eh nicht mehr lange.«

»Ich meine nicht diese Party. Ich meine *für immer*. Und mach dich darauf gefasst, dass das nicht mehr lange dauern wird.«

Sie zog ihren Fuß weg und die Tür schlug mit einem lauten Knall zu.

16

Lily konnte nicht leugnen, dass Kendras Worte sie beunruhigten. Sie wusste ja inzwischen, wie gefährlich diese Person war und dass sie mit allem rechnen musste. Eine Entführung oder ein kleiner Mord gehörten sicher zu ihren leichtesten Übungen. Lily beschloss, Donna anzurufen – auch auf die Gefahr hin, dass sie ihr damit das Date versaute. Sie würde sich abholen lassen, alles andere schien ja geradezu leichtsinnig zu sein.

Vor der Toilette warteten schon die nächsten Mädels, die sich eilig an Lily vorbeidrückten. Mit dem Handy am Ohr ging Lily zurück in die Küche, um ihren Drink zu holen, dann begab sie sich vor die Haustür, wo es etwas ruhiger war.

»Donna?«, sagte sie, nachdem ihre Schwester abgehoben hatte. »Es tut mir wirklich total leid, dass ich jetzt so blöd in dein Date platze, aber könntest du mich abholen?«

»So schlimm?«, fragte Donna.

»Schlimmer«, entgegnete Lily. »Sie ist jetzt mit Travis zusammen. Die zwei ziehen eine Wahnsinnsshow ab, ich könnte echt kotzen.«

»Klar hole ich dich. So in einer halben Stunde?«

»Ja, so lange halte ich es noch aus. Ich komme vor bis zur Ecke, okay? Dann kann ich noch ein bisschen frische Luft schnappen und du musst nicht die Straße reinfahren.«

»Alles klar, dann bis gleich.«

»Donna?«

»Ja?«

»Danke. Du hast echt einen gut bei mir.«

»Kein Problem, Schwesterchen, wirklich.«

Lily legte auf und nahm einen Schluck aus ihrem Glas, ihr Blick glitt die Straße entlang, blieb an einem hell erleuchteten Fenster hängen, hinter dem eine Frau den Küchentisch sauber wischte. *So viel Normalität wünsche ich mir auch zurück,* dachte Lily, drehte sich um und ging durch den Garten Richtung Veranda, damit sie sich nicht noch mal durch die Horde im Flur drängen musste. Wie oft war sie früher mit Ava hier langgelaufen, hatte auf dem Rasen hinter dem Haus in der Sonne gelegen oder sich zwischen den Hecken versteckt. Das alles schien so weit weg, wie aus einem anderen Leben. Lily merkte, wie ihr der Alkohol zu Kopf stieg, sie musste sich konzentrieren, einen Schritt vor den anderen zu setzen.

»Was soll das heißen, du kannst das nicht?«, hörte sie es wenige Meter vor sich wispern. Lily blieb stehen und versuchte, in der Dunkelheit etwas zu erkennen.

»Du hast gesagt, du willst es versuchen«, fuhr die Stimme fort.

»Ich kann es aber nicht«, antwortete eine tiefe Stimme, eine Stimme, die Lily unter tausend anderen wiedererkannt hätte. Travis. »Ich bin noch nicht so weit«, sagte er.

»Ist es ihretwegen? Du hängst immer noch an ihr, oder? Hast du denn schon vergessen, wozu sie fähig ist? Sie hat mich beinahe umgebracht. Außerdem hat sie dich betrogen.«

Lily presste sich gegen die kühle Mauer des Hauses, ihr

war schwindelig, die Worte waberten wie in Zeitlupe zu ihr rüber.

»Was sagt schon ein Foto?«, fragte Travis. »Ich muss mit ihr sprechen. Außerdem ist sie was Besonderes.«

»Du bist echt das Letzte«, zischte Kendra, und Lily hörte sie davongehen. Zwei Sekunden später hätte sie vor Schreck beinahe aufgeschrien, denn sie realisierte, dass Kendra in ihre Richtung gestapft kam. Wenn sie sie hier in der Dunkelheit entdeckte und herausfand, dass Lily gelauscht hatte, würde Kendra wahrscheinlich noch an Ort und Stelle auf sie losgehen. Schweißperlen traten auf Lilys Stirn, sie presste sich noch weiter gegen die Wand. *Bitte lass sie vorbeilaufen,* betete sie. *Bitte.* Kendras Schritte kamen näher, Lily hielt immer noch ihr Glas in der Hand und hatte Angst, dass sie es vor lauter Anspannung gleich zerdrückte.

Kendra schien so in Rage zu sein, dass sie gar nichts um sich herum wahrnahm, schnellen Schrittes preschte sie an Lily vorbei. Die hielt jedoch auch dann noch den Atem an, als Kendra schon längst Richtung Straße verschwunden sein musste. Was, wenn sie gleich zurückkam? Lily wagte kaum, sich aus ihrem Versteck zu bewegen, dazu kam noch dieser unerträgliche Schwindel. Schließlich ging sie die letzten paar Meter zur Veranda, stellte ihr Glas auf den Tisch und ließ sich auf einen Stuhl fallen.

»Alles okay mit dir?«, fragte Ava.

»Mir ist total schwindelig. Und schlecht. Aber sonst passt alles.« Lily hätte Ava gerne erzählt, was sie gerade gehört hatte, aber sie fühlte sich nicht in der Lage dazu. Außerdem musste sie das auch erst mal für sich selbst klarkriegen. Hatte Travis wirklich noch Gefühle für sie? Gab es noch den Hauch einer Chance, dass sie wieder zusammenkamen?

Lily lehnte ihren Kopf zurück und erklärte Ava, dass sie bald verschwinden würde.

»Toll, dass du überhaupt gekommen bist«, sagte Ava. »Find ich echt mutig.«

»Toll, dass du mich eingeladen hast«, gab Lily zurück. »Find ich auch echt mutig.«

Sie lachten und Ava umarmte Lily. »Lass uns die Tage telefonieren, ja? Und dann reden wir noch mal über alles.«

»Okay.« Lily sah auf die Uhr und stand auf. »Dann feier noch schön.«

Sie ging den Weg am Haus entlang, den sie gekommen war, und stieß beinahe mit jemandem zusammen. »Hoppla«, sagte jene Stimme, die Lily gerade schon einmal in der Dunkelheit gehört hatte und die ihr eine Gänsehaut über den Körper jagte.

»'tschuldigung«, sagte Lily und wollte sich an Travis vorbeischieben. *Schnell weiter,* ging es ihr durch den Kopf, *bevor es peinlich wird.*

»Hey, bleib doch kurz stehen.« Er griff nach ihrem Handgelenk, doch Lily zog ihren Arm gleich wieder weg. In der Dunkelheit konnte sie Travis' Gesicht nicht erkennen, deshalb fiel es ihr etwas leichter, ihm gegenüberzustehen und kein sinnloses Zeug zu stammeln.

»Ich muss los«, sagte sie, obwohl sie innerlich dachte: *Ich möchte dich umarmen und küssen und alles soll wieder so sein wie vorher.*

»Aber ich dachte, wir könnten reden«, sagte er beinahe verzweifelt.

»Hast mich ganz schön hängen lassen«, sagte Lily und war selbst überrascht über ihren Mut. »Und dann auch noch dieser Auftritt heute Abend. Tut ganz schön weh, so was.«

»Ich weiß, dass ich total überreagiert habe. Das war echt nicht okay.« Er tastete noch einmal nach ihrer Hand, doch Lily zog sie schnell zurück.

»So einfach ist das nicht, Travis. Mich erst als Psychopathin und Fremdgeherin hinstellen und dann vor meinen Augen demonstrativ mit einer anderen rummachen. Jetzt hast du dir Mut angetrunken und willst endlich mit mir reden. Das wollte ich schon vor zwei Wochen. Es ist jetzt zu spät dafür.«

»Ja, aber vor zwei Wochen war ich noch nicht so weit. Was sollte ich denn denken?«

»Tja, das hättest du dir vorher überlegen müssen. Du hättest mir vertrauen können, du hast mich doch angeblich geliebt. Ich muss jetzt los.« Lily ging zur Straße und hörte, dass Travis hinter ihr herlief. Der Schwindel in ihrem Kopf war jetzt beinahe unerträglich, sie wollte nur noch weg, verschwinden von dieser Party, die alles komplizierter machte.

»Lily, bitte. Lass uns uns nächste Woche treffen und über alles sprechen, ja? Ich weiß, wie scheiße ich war, aber hey, wir hatten doch auch gute Zeiten, oder?«

Lily ging weiter, ohne noch etwas zu erwidern. Was sollte das? Erst waren alle gegen sie und plötzlich besannen sie sich? Hatte Kendra mit ihrem Wiederauftauchen an Reiz verloren?

Lily hatte Mühe, geradeaus zu laufen, versuchte, sich auf die Linie von Straßenlaternen zu konzentrieren. Bis zur Ecke war es nicht mehr weit, wenige Meter, dann hatte sie es geschafft.

Travis' Worte spukten unaufhörlich in ihrem Kopf herum, doch weniger das, was er gerade eben gesagt hatte, als vielmehr das, was er zu Kendra gesagt hatte. *Außerdem ist sie was Besonderes.* Das zeigte doch, dass er noch etwas für sie empfand. Vielleicht hatte Lily den Kampf noch nicht verloren, vielleicht gab es doch noch einen Weg zurück für sie und Travis.

Aber erst mal musste sie diesen verdammten Schwindel loswerden, damit sie wieder klar denken konnte.

Und natürlich würde sie sich dann mit Travis treffen, da musste sie gar nicht lange überlegen.

Jetzt hatte sie die Ecke erreicht und setzte sich auf ein kleines Mäuerchen, das zu einem der Grundstücke gehörte. Der Partylärm war hier immer noch zu hören, und Lily fragte sich, ob sich bald jemand beschweren würde. Der Gedanke waberte weiter, es schwirrten andere Gedankenfetzen um sie herum, doch sie konnte keinen einzigen festhalten und sich darauf konzentrieren. Sie schloss die Augen, betete, dass Donna bald kommen würde.

Dann hörte sie, wie ein Auto neben ihr hielt. Sie machte die Augen auf und erhob sich leicht schwankend. Als sie die Tür des Wagens öffnen wollte, bemerkte sie, dass es gar nicht Donnas Auto war. Sie machte einen Schritt zurück und erkannte den dunklen Dodge von Avas Mutter. Ava? Wieso fuhr die von ihrer eigenen Party weg? Vielleicht hatte sie sich Sorgen um Lily gemacht, nachdem sie ihr von ihrem Schwindel erzählt hatte, oder sie wollte noch mal mit ihr sprechen? Aber Ava hatte doch schon so viel getrunken und konnte gar nicht mehr fahren ... Lily riss die Tür auf und ließ sich auf den Beifahrersitz fallen.

»War dir deine eigene Party zu langweilig?«, fragte sie und kicherte. Sie zog die Tür zu, schloss die Augen und lehnte ihren Kopf zurück.

Statt sofort zu antworten, drückte Ava das Gaspedal durch.

»Ganz im Gegenteil. Die Party geht jetzt erst richtig los!«
Schlagartig war Lily wieder hellwach.
Am Steuer saß nicht Ava.
Es war Kendra.
»Ich hoffe, du hast dich von allen verabschiedet«, sagte sie und lachte.

17

Verdammt, ging es durch Lilys Kopf. *Ich bin in einem Auto gefangen mit einer Psychopathin. Mit einer wütenden Psychopathin.*

Lily hatte Todesangst.

Was würde Kendra mit ihr anstellen? Und wie sollte Lily entkommen?

Wahrscheinlich war es nicht klug, Kendra anzusprechen. Andererseits konnte Lily so vielleicht herausfinden, was sie mit ihr vorhatte und wohin sie fahren würden.

Kendra raste in einem wahnsinnigen Tempo durch die Straßen, nahm einem anderen Auto die Vorfahrt und schien sich von nichts und niemandem aufhalten lassen zu wollen. Lily krallte ihre Finger in den Sitz und hatte das Gefühl, sich jeden Moment übergeben zu müssen.

»Halt an«, sagte sie verzweifelt. »Mir ist schlecht!«

»Ach Gottchen! Ein billiger Trick fällt dir wohl nicht ein? Kotz dir doch auf deine hässlichen Schuhe!«

»Kendra, was hast du vor?«

»Du bist erledigt«, sagte sie und lachte dreckig. »Das wird ein Fest, wenn du erst mal weg vom Fenster bist. Dann kann ich endlich wieder ein unbeschwertes Leben führen.«

Lily starrte in die Dunkelheit und fragte sich, wo sie waren. Sie hatte eigentlich einen guten Orientierungssinn und kannte sich aus in Eerie, aber die Wirkung des Alkohols schien diese Fähigkeit lahmzulegen. Würde Kendra in den Nationalpark fahren und sie den Grizzlybären zum Fraß vorwerfen? Oder würde sie sie einfach in den Grey River stoßen in der Hoffnung, dass sie qualvoll ertrank?

Lilys Herz schlug unregelmäßig, und sie hatte Angst, es könnte jeden Moment aussetzen. *Vielleicht wäre das besser, als den qualvollen Tod zu sterben, den Kendra für mich vorgesehen hat,* dachte sie.

»Wohin fährst du?«, versuchte Lily es erneut, während Kendra um die nächste Ecke jagte.

»Dorthin, wo mein Leben zerstört wurde. Wo *du* mein Leben zerstört hast!«

»Jetzt hör doch mal auf, in Rätseln zu sprechen«, schrie Lily zornig, besann sich allerdings sofort und fuhr etwas freundlicher fort: »Klär mich auf, denn ich weiß wirklich nicht, was ich dir getan habe.« Der Schwindel in ihrem Kopf machte sie wahnsinnig.

»Das wirst du gleich sehen«, antwortete Kendra.

Lily blickte wieder aus dem Fenster und erkannte jetzt, dass sie sich auf der Parkway Road befanden.

Sie fährt zur Schule, schoss es Lily durch den Kopf, und als sie realisierte, was das bedeutete, entfuhr ihr ein entsetzter Laut. »Du bringst mich in Raum 213?«, krächzte sie.

»Schlaues Mädchen«, gab Kendra zurück und bog in den Memorial Boulevard ein, an dessen Ende die Eerie High lag.

»Kendra, wir wissen beide, dass ich dich da nicht eingesperrt habe. Hör doch auf mit diesem Mist. Ich habe dir gesagt, du sollst da rauskommen, warum hast du das nicht getan?«

Kendra raste auf den Parkplatz der Schule und machte eine Vollbremsung. Sie sprang aus dem Auto, und ehe sichs Lily versah, war Kendra schon auf ihrer Seite, öffnete die Tür und packte sie am Arm.

»Raus mit dir«, zischte sie und zerrte an Lily herum. »Wieso haben die Scheißtropfen dich nicht bewusstlos gemacht? Dann würdest du hier nicht so blöd rumzappeln.«

Tropfen! Sie hat alles perfekt geplant, dachte Lily. *Die Tropfen hat sie mir wahrscheinlich in den Drink gemischt, als ich auf der Toilette war.*

Lily versuchte, sich zu wehren, sie schlug um sich und trat nach Kendra, doch die schien durch ihren Zorn unbändige Kräfte entwickelt zu haben. Außerdem hatte sie ihr Partyoutfit gegen eine Jeans, ein Longsleeve und einen dünnen Schal getauscht und die Stöckelschuhe gegen ein Paar Sneakers.

»Lass mich«, rief Lily verzweifelt, doch Kendra hatte sie schon fast bis an das Hauptgebäude herangezerrt. Sie hatte eine große Stabtaschenlampe dabei, mit der sie ihren Weg beleuchtete.

Sie wird nicht reinkommen, ging es Lily durch den Kopf. *Sie kommt doch gar nicht hinein. Und wie will sie es in Raum 213 schaffen?*

Als hätte sie ihre Gedanken gelesen, riss Kendra an Lilys Haaren. »Aua! Spinnst du?«

»Du darfst auch gerne freiwillig mitkommen.« Sie zog Lily zum hinteren Teil des Hauptgebäudes und stieß mit dem Fuß gegen eines der Kellerfenster, das sofort aufflog.

Kendra musste es nach dem Unterricht heimlich geöffnet haben und dem Hausmeister war es bei seinem Kontrollgang offenbar nicht aufgefallen.

»Los, rein da!«, befahl Kendra und gab Lily einen kräftigen Tritt. Lily kroch umständlich durch das Fenster, überlegte dabei fieberhaft, ob es irgendeine Fluchtmöglichkeit gab. Hier im Keller kannte sie sich nicht aus, doch sie musste es zumindest versuchen.

Bevor Kendra durch das Fenster geklettert war, rannte Lily blindlings los, sie konnte sich kaum auf den Beinen halten und es war stockdunkel. Gab es hier irgendwo eine Tür? Sie stieß gegen irgendwelche Sachen, die polternd umkrachten. Mit ausgestreckten Armen lief sie weiter, genau gegen eine Wand.

»Bleib stehen!«, schrie Kendra, und das Licht ihrer Taschenlampe tanzte wild umher, als wollte es Jagd auf Lily machen.

Wo ist die Tür? Wo ist die verdammte Tür? Lily tastete sich panisch an der Wand entlang, hoffte, dass Kendra vielleicht aus Versehen die Tür anstrahlte und Lily somit einen Hinweis gab. Gleich hatte Kendra sie erreicht, die fluchend hinter ihr herstolperte. *Da, etwas Kaltes, Metallisches, da muss es doch irgendwie rausgehen!* Lily tastete sich weiter und spürte eine Klinke, die sie hastig runterdrückte. Es war tatsächlich eine Tür, durch die Lily sich hindurchquetschte, sie musste jetzt auf dem Flur sein, doch in welche Richtung sollte sie laufen?

Jetzt denk nicht lange nach, sondern lauf!

Sie rannte los, doch nun kam auch Kendra durch die Tür geschossen und brüllte wieder: »Bleib stehen! Du kommst hier sowieso nicht raus.«

Lily atmete schwer, alles drehte sich, sie konnte sich kaum aufrecht halten, doch sie musste weiterlaufen. *Lauf,* mahnte sie sich selbst. *Lauf einfach!*

Doch es war mehr ein Taumeln als ein Laufen und Kendra hatte sie schnell eingeholt. Sie sprang Lily geradezu auf den Rücken, riss sie zu Boden, als wäre sie eine Schwerverbrecherin auf der Flucht. Sie hielt ihre Hände fest und umwickelte sie mit etwas Weichem, vermutlich mit ihrem Schal.

»Du fesselst mich?«, presste Lily mit letzter Kraft hervor. »Du bist doch echt krank.«

Kendra zerrte Lily auf die Beine und schubste sie vorwärts. »Los, hoch mit dir!«, befahl Kendra, als sie an eine Treppe kamen, und Lily stieg die Stufen nach oben.

Durch die Tür des Haupteingangs drang Licht von außen herein, sehnsuchtsvoll blickte Lily auf das leere Schulgelände und betete, dass zufällig der Hausmeister oder sein Sohn vorbeikommen würde. Wo war der Typ, wenn man ihn mal brauchte?

Aber was sollte er auch um diese Zeit hier?

Lily spürte, wie ihre Gedanken sich im Kreis drehten. Sie musste wieder klar werden, sie musste irgendetwas gegen Kendra unternehmen. Doch sie spürte, dass ihr Kampfgeist sie langsam verließ. Kendra schubste sie grob weiter, die nächste Treppe nach oben in den ersten Stock und dann mit ein paar schmerzhaften Stößen in den Rücken weiter in den zweiten Stock.

»Ich kann nicht mehr«, sagte Lily verzweifelt und bemerkte, dass ihre Stimme brach. »Sag mir endlich, was du von mir willst.« Sie begann laut zu schluchzen. »Lass mich in Ruhe!«

Ein kräftiger Schlag auf den Kopf ließ Lily zu Boden sacken.

»Halt endlich dein Maul«, zischte Kendra, doch ihre Worte drangen kaum zu Lily durch.

Sie war so benommen, dass sie alles um sich herum nur noch durch einen Schleier wahrnahm. Sie spürte, wie Kendra sie an den Füßen packte und über den Boden schleifte.

»Du hast mir das Liebste genommen, das ich hatte!«, brüllte Kendra in die Dunkelheit.

Lilys Körper bestand nur noch aus Schmerz, die Fesseln drückten die Schultern nach hinten, die ruckhaften Bewegungen waren wie Nadelstiche in ihrer Wirbelsäule, während Kendra sie weiter über den Boden zerrte.

»Was?«, flüsterte Lily mit letzter Kraft zurück.

»Hast du das wirklich nicht begriffen? *Du* hast ihn doch angestachelt, dass er sich Zutritt zu diesem verfluchten Klassenzimmer verschaffen soll. Er wollte dich beeindrucken, sich vor dir beweisen.«

In Lilys Kopf wirbelte alles durcheinander, der Raum, Kendra, die darin saß, die Bilder, die sie immer wieder einholten. Bilder von …

»Seth?«, fragte sie matt.

Kendra ließ Lilys Beine fallen, offenbar hatten sie Raum 213 erreicht.

»Aber was … warum? Ich …«, stammelte Lily.

»Ich habe ihn geliebt!« Kendras Stimme war jetzt ein schrilles Kreischen. »Du hast ihn mir weggenommen.«

»Das war doch nicht meine Schuld«, wimmerte Lily. Ihr Mund war so trocken, dass sie kaum einen Laut herausbekam. »Ich wollte doch nicht, dass er wirklich in diesen Raum geht! Ich konnte nicht wissen, dass er das wirklich durchziehen würde! Das war ein Unglück, das niemand vorhersehen konnte.«

Kendra schlug mit der Faust gegen die Tür zu Raum 213. Wieder und immer wieder, als wäre sie vollkommen von Sinnen.

»Wäre er nicht in diesem verdammten Klassenzimmer gestorben, wäre er zu mir zurückgekommen. Wir waren glücklich, bis du aufgekreuzt bist. Es hat nicht gereicht, dass du ihn mir weggenommen hast – du musstest ihn auch noch töten.«

Lily versuchte nachzudenken, doch in ihrem Kopf herrschte ein einziges Chaos. Hatte Seth eine Freundin gehabt? Hatte er jemals von einer Kendra gesprochen? Und wenn schon – jetzt war es zu spät.

Kendra machte sich an der Tür zu schaffen, ruckelte an der Klinke, schien mit irgendwelchen Dingen zu hantieren.

Eine neue Angst kroch durch Lilys Körper. Was, wenn Kendra in der Lage war, diese Tür zu öffnen?

»Ich will nicht sterben«, sagte Lily leise. Sie wusste, dass es keine Rettung gab. Niemand würde sie hier hören, niemand würde zufällig hier vorbeikommen und ihr helfen. Das war ihr Ende. Kendra würde Gleiches mit Gleichem vergelten.

»Seth wollte sicher auch nicht sterben«, gab Kendra zurück. »Er hätte mir eine zweite Chance gegeben.«

»Aber –«

»Halt's Maul!«, brüllte Kendra. »Halt endlich dein verdammtes Maul.«

»Wenn du mich umbringst, kommt Seth auch nicht zurück«, krächzte Lily. »Und du musst ins Gefängnis. Da wirst du dich noch einsamer fühlen als jetzt. Kendra, hör auf!«

Das Letzte, was Lily spürte, war ein heftiger Tritt gegen den Kopf. Dann wurde alles um sie herum dunkel.

»Ich wünsche dir eine schöne Zeit«, keifte Kendra. »Bye-bye, auf Nimmerwiedersehen! Möge es dir genauso ergehen wie Seth.«

Eine Tür wurde zugeschlagen und Lily war allein.

Sie zitterte am ganzen Körper, ihre Zähne klapperten. Mühsam versuchte sie, sich aufzurichten, doch jedes Mal, wenn sie sich aufgestützt hatte, sackten ihre Arme wieder weg.

»Hilfe«, wimmerte sie. »Ich will hier raus!«

Über ihr flackerte eine einzelne Glühbirne, in ihrem spärlichen Schein konnte Lily kaum etwas erkennen. Sie rieb sich mit den Händen über die Arme, in der Hoffnung, dass ihr so etwas wärmer wurde. Doch es half nichts.

War das hier ihr Ende? Würde sie hier ihren qualvollen Tod finden? Was würde Raum 213 mit ihr anstellen?

Es herrschte grausame Stille. Von Kendra war nichts mehr zu hören, kein Schritt, kein wütendes Gebrüll.

»Da bist du ja endlich«, flüsterte eine leise Stimme, und Lilys Oberkörper schoss nun wie von selbst hoch. Mit zusammengekniffenen Augen sah sie sich um. War hier jemand?

»Ich habe so lange auf dich gewartet«, flüsterte die Stimme weiter. Lily presste sich die Hände an die Schläfen, das sollte aufhören, diese Stimme sollte aufhören zu reden. Sosehr sie sich bemühte, sie konnte niemanden erkennen. War das hier real? Oder bildete sie sich das ein?

»*Endlich sind wir wieder vereint*«, raunte die Stimme unbeirrt.

Die Glühbirne an der Decke flackerte ein letztes Mal auf und erlosch.

»*Jetzt komme ich und hole dich zu mir!*«

Lily fing aus Leibeskräften an zu schreien.

18

Als Lily die Augen öffnete, wurde sie von einem grellen Licht geblendet, nur mühsam gewöhnte sie sich an die Helligkeit. Wo war sie hier? In ihrem Kopf pochte ein heftiger Schmerz. Sie versuchte, ihren Blick scharf zu stellen, um das schemenhafte Gesicht zu erkennen, das sich über sie gebeugt hatte. Es hatte etwas Vertrautes und gleichzeitig erschreckte es Lily. Die roten Haare! Reflexartig riss sie ihre Arme nach oben, um ihr Gesicht zu schützen. »Nein«, brachte sie krächzend hervor, »bitte nicht.«

»Hey, nicht so schreckhaft«, sagte eine sanfte Stimme. »Es passiert dir nichts. Du bist im Krankenhaus. Du bist in Sicherheit.«

Jetzt erkannte Lily die Gesichtszüge einer Frau, die nicht Kendra, sondern ganz offensichtlich eine Krankenschwester war.

»Wie geht es dir?«, fragte sie und blätterte in einer Akte. »Es hat dich ja ganz schön erwischt.«

»Wie ... wie bin ich hierhergekommen?« Das Letzte, woran sich Lily verschwommen erinnerte, war ein heftiger Tritt gegen den Kopf, der sie offensichtlich außer Gefecht gesetzt hatte. Außerdem sah sie vage einen dunklen Raum vor sich, ein flackerndes Licht und ...

»War ich in Raum 213 eingesperrt?«, fragte sie.

»Zum Glück nicht«, antwortete eine Stimme neben ihrem Bett. Als sie ihren Kopf wandte, sah sie, dass dort Donna und ihre Eltern saßen. Der Ausdruck auf dem Gesicht ihrer Mutter war voller Sorge, auch ihr Vater wirkte beunruhigt.

»Da hast du uns aber einen ganz schönen Schrecken eingejagt«, sagte er und nahm Lilys Hand.

Die Krankenschwester überprüfte die Infusion, die an einem Ständer neben Lilys Bett hing, notierte etwas und verließ das Zimmer.

»Na ja, den Schrecken hat uns wohl eher diese Kendra beschert«, erklärte Donna. »So auf dich loszugehen.«

»Wer hat mich ... wie bin ich da rausgekommen?«

»Also das war wirklich wie im Krimi, kleines Schwesterchen. Als du nicht am vereinbarten Treffpunkt warst, bin ich zu Avas Haus gefahren. Die stand ganz aufgeregt auf der Straße, weil das Auto ihrer Mum weg war. Ich weiß nicht, wieso, aber irgendwie haben wir beide sofort gedacht, dass da etwas nicht stimmt. Und als dann auch noch Trevor ...«

»Er heißt Travis«, sagte Lily matt und lächelte.

»Egal, dann eben Travis, jedenfalls meinte er, dass Kendra total wütend war und abgehauen ist. Da haben wir ganz schnell eins und eins zusammengezählt.«

»Und woher wusstet ihr, dass sie mit mir zur Schule gefahren ist?«, fragte Lily.

»Das war nach dieser ganzen Aktion, von wegen du hättest Kendra dort in Raum 213 eingesperrt, doch irgendwie klar.«

Lilys Mutter schüttelte den Kopf. »Wir hätten diese Sache viel ernster nehmen müssen.« Sie stand auf und trat an Lilys Bett. »Es tut mir leid, mein Schatz. Hätten wir geahnt, welcher Gefahr du da ausgesetzt warst ...«

»Hey, mach dir keine Sorgen, Mum. Ist doch noch mal

alles gut ausgegangen.« Ein heftiger Schmerz pochte hinter ihrer Stirn und sie kniff die Augen zusammen. »Zumindest fast«, schob sie hinterher.

»Das andere Mädchen, diese Kendra, ist jetzt bei der Polizei«, sagte Lilys Mutter, und Donna berichtete weiter: »Wir haben natürlich sofort die Polizei gerufen, noch vom Auto aus. Als wir in der Schule ankamen, hatte Kendra sich aber schon wieder abreagiert. Sie saß heulend neben dir und war gar nicht mehr ansprechbar.«

Bruchstückhaft setzte sich Lilys Erinnerung zusammen, Kendra hatte immer wieder davon gesprochen, dass Lily ihr Leben zerstört habe, weil Seth in Raum 213 umgekommen war. Sie wollte Lily ebenfalls in Raum 213 sperren, und Lily kam es so vor, als wäre es ihr tatsächlich gelungen. Doch der dunkle Raum und das flackernde Licht ... diese Stimme ... das musste ein schlimmer Albtraum gewesen sein.

»Ihre Mutter kam dann auch noch«, fuhr Donna fort. »Die hat sich die ganze Zeit entschuldigt, und es tat ihr voll leid, was mit dir passiert ist.«

»Es muss schlimm sein, wenn die eigene Tochter zu so etwas fähig ist«, sagte Lilys Mum erschüttert. »Was geht in so einem Kind vor?«

Donna stand jetzt auf und ging zum Fenster. Die Sonne schien herein, als wollte sie Lily zurück im Leben begrüßen. »Ich habe nur ein bisschen was aufgeschnappt«, sagte Donna. »Als die Mutter mit der Polizei gesprochen hat. So wie ich das verstanden habe, war Kendra bis vor Kurzem beim Psychotherapeuten wegen Seth.«

»Weil sie mit seinem Tod nicht zurechtkam?«, wollte Lilys Vater wissen.

»Nein, ich glaube eher, weil sie ihn gestalkt hatte.«

Bei Lily dämmerte etwas im hintersten Winkel ihres Gedächtnisses. Hatte Seth damals nicht wirklich von einer Irren erzählt, die er auf irgendeinem Festival kennengelernt hatte und die dann, obwohl sie irgendwo anders wohnte, immer mal wieder vor seiner Tür oder an der Schule stand? Er hatte das damals eher locker genommen und sich nichts weiter daraus gemacht.

Wenn er gewusst hätte, welche Kreise das noch ziehen würde ... Was für eine wahnsinnige Geschichte, in die Lily da geraten war.

Lily spürte, dass sie der Unterhaltung nicht mehr richtig folgen konnte und von einer bleiernen Müdigkeit ergriffen wurde. Ihre Augen klappten immer wieder zu, sosehr sie sich auch bemühte, wach zu bleiben.

»Lily, du bist ja noch ganz schwach«, sagte ihre Mutter besorgt und streichelte ihr über die Wangen. »Wir lassen dich jetzt noch ein bisschen schlafen, ja? Du sollst doch schnell wieder fit werden.«

Lily nickte mit geschlossenen Augen und flüsterte: »Danke.«

Dann hörte sie, wie die anderen leise aus dem Zimmer gingen.

Es fiel ihr aber doch schwer einzuschlafen, zu groß war die Angst, dass die schrecklichen Bilder von Raum 213 sie wieder einholen würden. Von Seth und Kendra, die sich in irgendwelche Monster mit Totenschädel oder brennendem Haar verwandelten. Lily wälzte sich unruhig hin und her, und jedes Mal, wenn sie kurz davor war, ganz in den Schlaf zu driften, schreckte sie wieder auf. Als gäbe es in ihrem Inneren einen Warnmechanismus, der sie schützen wollte.

Ein Klopfen an der Tür ließ sie auffahren. *Jetzt sei doch*

nicht so schreckhaft, dachte sie, stellte das Kopfteil ihres Bettes hoch und setzte sich hin. »Ja?«, rief sie.

Die Tür öffnete sich nur zaghaft.

»Jetzt komm schon rein«, sagte Lily, die schon an der Schuhspitze erkannt hatte, dass es Ava war.

Ava betrat das Zimmer und sah aus, als wüsste sie nicht recht, ob sie lachen oder weinen sollte.

»Hey«, sagte sie. »Wie geht es dir?«

»Ach ja, ganz okay. Dafür, dass ich dermaßen eins auf die Rübe gekriegt habe.« Sie lachte, doch Ava stimmte nicht in das Lachen mit ein.

Stattdessen setzte sie sich mit ernster Miene auf einen der Stühle und rückte ganz dicht ans Bett heran.

»Es tut mir so unendlich leid«, sagte sie kaum hörbar. »Wirklich. Ich weiß echt nicht, warum ich dir nicht geglaubt habe und wie Kendra mich dermaßen blenden konnte.«

»Sie hat einfach alles perfekt eingefädelt. Du konntest gar nicht anders, als ihr zu glauben«, sagte Lily und schluckte, bevor sie hinzufügte: »Trotzdem hat es mich ziemlich verletzt, dass du mich nicht mal angehört hast.«

Ava griff Lilys Hand und drückte sie. »Das werfe ich mir im Nachhinein auch vor. Ich meine, wir sind echt so lange befreundet, natürlich hätte ich mit dir sprechen müssen. Aber ich war wirklich blind und irgendwann ist die ganze Sache dann zum Selbstläufer geworden.«

»Ja, Lily, die böse Furie, mit der man nicht reden durfte. Vielleicht hätte sie dann zugeschnappt und den Nächsten eingesperrt.«

Für einen Moment breitete sich Schweigen zwischen ihnen aus. Dann sagte Ava: »Ich verspreche dir, dass so etwas nie wieder vorkommt. Es wird sich niemand mehr zwischen uns drängen.«

Lily drückte Avas Hand. Wie sehr sehnte sie sich die unbeschwerten Stunden herbei, die die beiden zusammen verbracht hatten, wie sehr hoffte sie, dass alles wieder werden würde wie früher. Trotzdem spürte sie den Stich noch, den ihr Avas Misstrauen verpasst hatte.

»Lass es uns versuchen«, sagte sie und lächelte.

»Ich hoffe wirklich, dass du mir irgendwann verzeihen kannst. Ich wüsste echt nicht, ob ich das umgekehrt könnte.« Ein Grinsen huschte über ihr Gesicht. »Aber immerhin hast du mich schon mal nicht aus deinem Zimmer geschmissen.«

»Geht auch nicht, ich werde hier ja festgehalten.« Lily hob die Hand, in der die Infusionsnadel steckte. »Und außerdem will ich doch wissen, was mit dir und Jonah ist. Habt ihr noch geknutscht?«

»Nee, keine Zeit. Musste doch meine beste Freundin retten. Aber wir wollen uns nächsten Freitag treffen und dann … wer weiß?!«

Lily strich die Bettdecke glatt. »Ich finde jedenfalls, ihr würdet super zusammenpassen.«

Wie aufs Stichwort klopfte es erneut an der Tür. Als sie sich öffnete, sah Lily nur einen riesigen Blumenstrauß, hinter dem sich jemand versteckte.

Ava schaltete schneller als sie und sagte: »Oh, oh.« Und dann: »Ich verzieh mich mal besser.« Sie drückte Lily, nahm ihre Tasche und war in Blitzgeschwindigkeit aus dem Zimmer verschwunden.

Lilys Herz begann aufgeregt zu klopfen, das letzte Mal, als sie Travis gegenübergestanden hatte, war es dunkel gewesen und sie hatte ihm nicht in die Augen sehen müssen. Hier war sie ihm vollkommen ausgeliefert.

Langsam ließ er den Strauß sinken, ein großer, bunter Strauß, der nach Frühling aussah, obwohl der Herbst draußen schon alle Blätter färbte. »Darf ich näher kommen?«, fragte er schüchtern, und Lily nickte.

Er legte den Blumenstrauß auf den kleinen Tisch unter dem Fenster und trat dann an Lilys Bett.

»Ich könnte verstehen, wenn du kein Wort mehr mit mir reden willst«, begann er. »Aber ich bin hier, um mich bei dir zu entschuldigen. Dafür, dass ich dich hängen ließ, als du mich gebraucht hättest. Dafür, dass ich dir misstraut habe. Und dafür ...«, er zögerte einen Moment, »dass ich so einen miesen Auftritt auf der Party hingelegt habe. Da zusammen mit Kendra aufzutauchen, war einfach richtig daneben.«

Lily erwiderte nichts. Es war ganz schön hart, erst vom Freund und der besten Freundin sitzen gelassen zu werden und dann beiden zu verzeihen, als wäre nichts gewesen. So leicht ging das nicht. Trotzdem war da immer noch dieses vertraute Gefühl für Travis.

»Ich habe gehört, was du zu Kendra gesagt hast. In Avas Garten.«

»Dass du etwas Besonderes bist?«

Lily nickte.

»Ja, das bist du. Und wenn du willst, öffne ich das Fenster und posaune es in die ganze Welt hinaus.« Er berührte Lily sacht an der Wange. »Ich könnte mich ohrfeigen für meine Dummheit. Ich wünschte, ich könnte die Zeit zurückdrehen und das alles ungeschehen machen. Ich bin ein totaler Vollidiot.«

»Nein, das bist du nicht«, sagte Lily und nahm seine Hand

in beide Hände. Sie spürte die vertraute Wärme der Berührung und beschloss, sie nie wieder loszulassen. Es würde vielleicht kein leichter Weg werden, doch Lily wusste, dass sie es schaffen würden.

»Du bist nämlich auch etwas Besonderes.«

Dann zog sie ihn zu sich herunter und küsste ihn.

Mehr Spannung ...

ISBN: 978-3-7855-7871-1

Für Liv scheint es gerade nicht schlimmer kommen zu können: Ihr Freund hat auf einer Party eine andere geküsst – vor ihren Augen! – und sie wird von dem unheimlichen Ethan verfolgt. Er bedroht sie, macht komische Andeutungen. Liv ist eingeschüchtert, nimmt die Drohungen jedoch erst nicht ernst. Bis sie ein Mädchen in ihrem Garten findet – Ethans Exfreundin, ermordet!

... und Geheimnisse!

ISBN: 978-3-7855-7872-8

Madison kann ihr Glück kaum fassen: Sie ist auf eine exklusive Party eingeladen, auf der auch ihr großer Schwarm Elijah sein wird! Aber die Party findet in Raum 213 statt – und jeder weiß, dass in diesem Raum unheimliche und lebensgefährliche Dinge passieren können. Madison geht das Risiko ein und rutscht schnell von der Party ihres Lebens in einen unfassbaren Albtraum.

Schon bald ...

ISBN: 978-3-7855-7874-2

Amber und ihre Freunde lieben Verschwörungstheorien, besonders die um Raum 213. Zusammen brechen sie in die Schule ein und suchen nach neuen Informationen über den verbotenen Raum. Eine Akte über einen Zwischenfall vor zwanzig Jahren entpuppt sich jedoch als gefährlich für alle Beteiligten. Schon am nächsten Tag hat Liam einen schweren Unfall und Tim scheint verschwunden. Amber ist plötzlich auf sich allein gestellt und wird von einem Fremden bedroht und verfolgt.